TONINO BENACQUISTA

La j

À la descente du train, j'ai lu sur la banderole : *XXXIXe*
Édition de la Foire du Crime de Saint-Naz.

Il y a 39 ans je n'étais pas encore de ce monde. Il paraît que
le monde était bien différent. Des vieux du coin disent que la
Foire n'a plus grand chose à voir avec ce qu'elle était jadis.

J'ai laissé de côté les deux ou trois choses précises que
j'avais à y faire et, comme d'habitude, j'ai fait mon petit tour
entre les stands, le nez en l'air, en cherchant les surprises et les
nouveautés.

Cette année, ils ont installé les tueurs à gages dans un
superbe entrepôt rénové à leur seule intention. Une cinquan-
taine de stands tirés au cordeau proposent les services de cette
brave corporation à des prix plus ou moins étudiés. Les pros
s'y sont tous donné rendez-vous, j'en ai reconnu quatre ou
cinq parmi les meilleurs. Les badauds se pressent pour voir les
stars se pavaner dans des fauteuils en sirotant du dur. Je me
suis renseigné sur les tarifs, comme ça, par simple curiosité.
Pas moins de quinze briques pour faire buter un anonyme,
mais ça commence à grimper sérieux pour les contrats sur les
personnalités. De nos jours, un V.I.P. peut atteindre les
cinquante plaques, frais compris. Des moins pros s'essayent
à la carrière et cassent les prix pour au moins rembourser la

location du stand. La plupart des petits nouveaux ressemblent plus à des porte-flingues sortis d'un film de Lautner. Mais faut bien commencer un jour.

Je suis passé dans le Hangar aux Alibis pour y serrer quelques mains. Pour cinq mille balles on peut y trouver un faux témoignage plutôt fiable, mais là encore la concurrence joue à fond. D'un côté, les maisons solides, travail soigné, celles qui prennent en charge le client dès la préméditation et l'accompagnent jusqu'au premier jour d'instruction. Avec, en sus, une garantie après-vente en cas de procès aux assises. De l'autre, les témoins de dernière minute qui jureraient d'avoir passé la soirée avec le premier venu, en dépit du bon sens, et qui se rétractent au premier interrogatoire. Quelle misère !

J'ai traîné mes guêtres dans l'Allée des Cerveaux. Planifications en tous genres : braquage de banques et de convois de fonds, vols de documents. Un bon casse, clé en mains, réglé comme une horloge, avec graphique et prestataires de service selon les besoins : les chauffeurs, les hommes de mains, les indics. Question prestige, ils ont invité Ronald Biggs, le génie du train postal Glasgow-Londres. Il a peu parlé pendant le débat mais ça m'a fait plaisir de le voir en si bonne forme.

J'ai mangé un morceau dans l'Allée des Fourgues. Recel en tous genres. Ça va du Van Gogh à l'auto-radio. On s'est bousculé autour du diamantaire qui faisait une mise à prix pour une rivière de perles qui aurait appartenu à Gloria Swanson. J'ai croisé un peu plus loin mon pote Jérémy, le dernier léonard européen. Son faux billet de cinquante balles était resté dans les annales, mais il avait connu un vrai revers de fortune à cause d'un Pascal qui avait mal séché. Il s'est plaint de la texture du papier qu'on trouvait de nos jours et m'a avoué qu'il était en perte de vitesse. La fausse mornifle n'intéresse plus personne, a-t-il dit. Pour ne pas perdre la main il bidouille des cartes d'identité et des cartes bleues. Ça m'a fait de la peine. Un talent pareil...

J'ai rapidement traversé l'armurerie, je n'aime pas les gens qu'on y croise. Mais je me suis laissé prendre au bagout d'un camelot qui faisait la démonstration d'un petit gadget à lames de rasoir qui porte à une bonne dizaine de mètres. Messieurs dames! Le Razorflash, avec le mode d'emploi et la garantie, et j'ajoute en cadeau, par une, pas deux, mais trois boîtes de recharges, le tout pour cent balles! Et on se bouscule siouplait!

Dans le coin librairie je me suis laissé tenter par le Manuel du maître-chanteur, dédicacé par l'auteur. Je ne suis pas maître-chanteur. Mais j'ai pensé que le bouquin devait être plutôt bien écrit.

J'ai remis au lendemain le coin des cols blancs : avocats verreux et comptables marrons. J'ai fait un break à l'hôtel pour prendre une douche et enfiler mon smoking pour la soirée de gala et la remise des Derringers d'Or. Car cette année, pour la première fois, j'étais nominé dans ma catégorie.

C'est en sortant de la chambre que je l'ai vue. J'ai voulu fermer les yeux mais il était trop tard. Elle avait le regard brûlant de Méduse et la voix des sirènes. Elle avait le corps de Calypso et une réputation plus cruelle que celle de Circé. Et moi, Ulysse de fortune, je me suis vu tomber dans tous ses pièges à la fois. J'ai eu une seconde de vertige et une minute de fièvre, quand elle m'a dit : on se voit ce soir, non...?

Le dîner n'en finissait plus. Heureusement qu'à deux tables de la mienne, j'ai vu la vamp me lancer des œillades assassines. Le moment tant attendu est arrivé, l'organisateur a donné le coup d'envoi de la cérémonie avec des girls qui nous ont gratifié d'un numéro ringard, un tableau du Casino de Paris qui aurait été mis en scène par Lucky Luciano. Il a fallu se taper les Derringers d'Or du meilleur tueur à gages et

7

du meilleur braqueur. Il y a eu un petit moment de panique quand ils ont annoncé les nominations du meilleur terroriste : un seau à champagne a explosé à une table du fond, et trois des nominés, qui avaient eu la mauvaise idée de se réunir pour la bouffe, se sont retrouvés en miettes. Ce qui nuisait radicalement au suspens, rapport au gagnant. Qui s'est levé pour chercher son trophée sans attendre qu'on décachète l'enveloppe.

Il leur restait à décerner les deux derniers Derringers. Mon cœur s'est mis à battre. Cette fois, j'avais une chance d'être le meilleur de ma catégorie. Et elle, dans la sienne, était à dix coudées au-dessus des trois autres filles en lice.

Tard dans la nuit nous nous sommes retrouvés dans ma chambre pour fêter nos victoires au Dom Pérignon. Mon Derringer et le sien côte à côte, rutilants.

— Ça fait quel effet d'être la meilleure femme fatale de l'année ? j'ai demandé.

— C'est gratifiant. Mais je le mérite. J'ai travaillé dur pour l'avoir. Cette année j'ai eu deux suicides de banquiers, et j'ai fait plonger un ministre. Même les plus coriaces ne me résistent pas. Et vous ?

— Oh moi, je ne m'y attendais pas du tout, dis-je, hypocrite. Les sérial killers ne pensent pas à ce genre de récompenses, vous savez...

— C'est quoi, votre spécialité ?

— Les femmes, uniquement les femmes. Et plus je les trouve désirables et plus je soigne le travail.

Son regard me brûle. Mes mains ne tremblent pas encore.

Nous savons tous les deux qu'un seul d'entre nous sortira vivant de la pièce, demain matin.

Et à ce stade de la nuit, nous avons encore chacun nos chances.

JAMES CRUMLEY

Un fils rêvé
pour les Jenkins

**TRADUIT DE L'AMÉRICAIN
PAR JEAN ESCH**

Pour Buck Jenkins, le luxe d'une grasse matinée le dimanche était un plaisir vain : il se réveilla à six heures du matin comme chaque jour, ou presque, de son existence. Il demeura immobile dans la faible lumière, pour éviter de réveiller son épouse, Lydia, mais plus il restait allongé là sans bouger, plus il avait envie d'une cigarette. Ses Camels étaient sur la table de chevet, à portée de main, mais il n'osait pas en allumer une, pas dans «son» lit, pas dans «sa» chambre à elle. Finalement, incapable de tenir plus longtemps, il se glissa hors des draps amidonnés et s'habilla rapidement, en écoutant sa respiration paisible.

Il s'arrêta un instant, en allumant une cigarette, pour observer son fils qui était en permission. Le garçon dormait à poings fermés. Buck l'avait entendu rentrer en titubant à trois heures du matin, en faisant des bruits d'ivrogne, et Buck avait souri intérieurement, heureux de savoir son fils à la maison. Il monta dans son vieux pick-up Dodge cabossé et s'en alla.

Il revint vers neuf heures, après avoir passé le début de la matinée au café-restaurant du coin, à bavarder et boire du café comme d'habitude avec tous ses copains du gisement pétrolifère, un rituel qui se renouvelait chaque matin, même sans

11

l'excuse d'une journée de travail. Lydia était dans la cuisine, occupée à préparer le petit déjeuner. Elle ne s'arrêta pas lorsqu'il se servit une tasse de café et s'assit à table.

— Déjà neuf heures, dit-elle enfin. Je ferais mieux de réveiller le gamin s'il veut aller à l'église.

Buck ne répondit pas.

— John Robert..., dit-elle en avançant dans le couloir. John Robert, tu es réveillé ?

— J'arrive, grommela le garçon, j'arrive.

Buck alla jusqu'au coin du couloir et tendit l'oreille, en sirotant son café.

— Tu ferais mieux de te lever si tu veux aller à l'église, dit-elle.

— Je n'y vais pas, répondit le garçon.

— Mais tu y es allé dimanche dernier, dit-elle. Tu devrais venir.

— Non, répondit le garçon.

Elle attendit un moment, sans rien dire, puis :

— Euh... allez, viens. Ton père et moi on y va.

— Non.

Buck retourna dans la cuisine, espérant que le gamin serait assez intelligent pour se taire. Buck ne voulait plus de disputes entre la mère et le fils, comme ces altercations avant qu'il ne quitte la maison pour s'engager dans l'armée.

— Va parler à ton fils, dit Lydia, interrompant ses craintes. Demande-lui de se préparer pour l'église.

Buck sortit, mais il se rendit directement dans la seconde chambre pour troquer sa tenue de travail kaki contre son costume bleu. Il se débattait avec cette cravate qui lui était étrangère, quand Lydia vint le chercher pour l'envoyer dans la chambre du garçon.

Buck entra et découvrit le regard interrogateur du garçon. Il remarqua les épaules qui s'étaient élargies, l'uniforme soi-

12

gneusement plié sur le dossier de la chaise et les rangers étincelantes glissées sous le lit. Il sentit que c'était un bon soldat. Déjà sergent dans son unité aéroportée, il venait de rempiler pour trois ans.

— Ta mère veut que t'ailles à l'église, dit-il lentement, en mesurant chaque parole.

— Et alors?

— Tu crois pas que tu devrais y aller? Tu lui manques beaucoup depuis trois ans. Tu crois pas que tu pourrais faire ça pour elle?

— Non. Et toi? (Le garçon se redressa dans son lit.) Qu'est-ce qu'elle a fait pour moi, elle?

Buck leva les yeux au plafond, enfonça ses mains dans ses poches, les ressortit, et contempla ses pieds. Il préférait ne pas savoir ce qu'elle allait faire. Bon Dieu, songea-t-il, pourquoi est-ce que tout n'est pas différent pour une fois?

Le téléphone sonna; il ressortit de la chambre, soulagé.

Il parla quelques instants au téléphone, puis il retourna dans la chambre, et commença d'ôter son costume bleu pour remettre sa tenue kaki.

— Qu'est-ce que tu fais? demanda Lydia d'une voix claire et cassante.

— Jake vient d'appeler. Une pompe à eau salée est en panne sur la concession Dupree.

— Ça ne peut pas attendre demain? Tu as accepté ce poste à la production pour ne plus être obligé de travailler sept jours sur sept.

— C'est mon boulot.

Elle n'insista pas. Buck partit au volant de son pick-up pendant qu'elle s'habillait.

Quand il revint après deux tasses de café au bar-restaurant, John Robert s'était fait cuire des œufs et du bacon. Buck fut frappé – pour la centième fois, au moins, depuis une semaine

— de constater à quel point son fils ressemblait à un homme désormais. Il se versa une autre tasse de café et alluma une cigarette.

— C'est pas la grande forme, hein? ricana Buck. T'as fait la bringue chez les V.F.W.*

John Robert acquiesça, en mâchant lentement.

— J'ai une pompe en panne. Le mouilleur a lâché hier après-midi. Trop tard pour la changer. Je pensais m'en occuper aujourd'hui, dit Buck entre deux gorgées de café.

— Je croyais que Jake venait juste d'appeler au sujet de la pompe, dit le garçon en finissant son assiette.

— Oh, il appelle presque tous les dimanches matin, expliqua Buck un peu gêné, vers les neuf heures et demie, comme ça j'ai une excuse pour pas aller à l'église. J'y ai été dimanche dernier parce que t'y as été. (Il pouffa.) À force d'enfiler et de quitter ce foutu costume bleu, il est presque usé; dimanche dernier, c'était la première fois que je le portais plus d'une heure.

Il s'esclaffa.

— Pourquoi tu lui dis pas tout simplement d'aller au diable. Ça serait plus simple, tu crois pas?

— Je peux pas faire ça. Ta mère n'a pas eu une vie facile, et...

— Je sais, dit le garçon en se levant pour débarrasser son assiette. Et moi, je suis son ultime fardeau.

Il déposa ses couverts sales dans l'évier.

— Penses-y, dit Buck en s'adressant au dos du garçon.

L'un et l'autre connaissaient – car elle la leur rappelait constamment – l'enfance de Lydia; comment elle avait dû récolter du coton et cueillir des tomates pour subvenir aux

(*) V.F.W. : Veterans of Foreign Wars.
« Anciens combattants des guerres à l'étranger ».

14

besoins de ses trois sœurs et de son père alcoolique. C'était le bâton dont elle se servait pour éloigner Buck du garçon, et dont elle essayait de se servir pour l'empêcher de faire quelque chose de plus ou moins sale. Avant d'épouser Buck, elle avait exigé qu'il promette de ne plus boire ; et elle faisait tout ce qu'elle pouvait, avec l'aide du Seigneur, pour tenir leur fils à l'écart des choses qu'aimait son propre père : la chasse, la pêche, le gisement de pétrole, et surtout l'alcool. Le garçon ne devait toucher à rien de plus sale qu'une chaire poussiéreuse, rien d'aussi sale que Buck qui devait travailler de ses mains.

— Hé, dit Buck, tu veux venir avec moi ?

— Où ça ?

— À la concession Dupree. J'aurai sans doute besoin d'un coup de main. La culasse de la pompe a pas été retirée depuis cinq ou six ans.

— Bof, ça me dit rien, répondit le garçon, debout devant l'évier, en train de laver son couvert.

— T'as autre chose de prévu ?

— Non... pas vraiment. Mais je me sens pas très bien.

— On en a pour une heure ou deux à peine. On pourra s'arrêter chez Mama Lopez pour boire quelques bières et manger des « tamales ».

Il marqua une pause.

— C'est excellent pour la gueule de bois. (Sa voix se perdit au loin.) Ouais. On s'arrêtera boire une bière. Tu te sentiras mieux après un petit verre d'alcool. (Sa voix se mit à trembler. Il s'interrompit et demanda lentement :) Alors... tu m'accompagnes ?

— Bon d'accord, je viens.

— Te sens pas obligé surtout.

— Je viens.

Buck attendit dans la cuisine pendant que le garçon s'habillait, avant de le suivre en silence jusqu'au pick-up. Buck lança

un marteau de forgeron de six kilos à l'arrière de la camionnette en disant :

— La culasse risque de résister.

Le marteau brinquebalait à l'arrière du pick-up, tandis que
Buck roulait à travers les rues bosselées, et il rebondissait,
heurtant les parois du plateau et résonnant bruyamment dans
l'air poussiéreux.

Buck arrêta le pick-up à l'entrée du chemin boueux qui me-
nait au puits. Le garçon dormait ; Buck sourit et appuya sur le
klaxon.

— Bon Dieu, grommela le garçon en se réveillant. (Il frotta
ses yeux gonflés.) Pourquoi t'as fait ça ?

— C'est un bon réveil, non ? ricana Buck. Foutrement effi-
cace.

— Ouais, cracha le garçon. (Il s'étira, se gratta et jeta
un coup d'œil autour de lui.) Merde, où est-ce qu'on est ?
demanda-t-il en découvrant le chemin boueux devant eux.

— Hé, dit-il, tu pourras jamais traverser ce bourbier.

— Pourquoi ? demanda Buck. Mon vieux pick-up et moi on
peut y arriver.

— Et si on s'embourbe ? J'ai pas envie de pousser moi.

Avec un grand sourire, Buck enclencha la première et
s'engagea sur le chemin. Il passa la seconde, en appuyant doucement sur l'accélérateur, faisant avancer la camionnette à
allure régulière dans cette boue noire et collante.

Il lui fallut vingt minutes pour arriver jusqu'au puits, et
pendant ce temps, il raconta à son fils toutes les fois où il
y avait vraiment eu beaucoup de boue.

— Alors, qu'est-ce tu dis de ça ? demanda-t-il tandis qu'ils
déchargeaient les outils et le nouveau mouilleur. Qu'est-ce tu
penses de ma conduite ?

— Hein ?

— Ma conduite... qu'est-ce t'en dis?

Le garçon haussa les épaules.

— Ouais, pas mal.

Ils marchèrent jusqu'à la pompe; leurs bottes traçaient des sillons dans le scintillement arc-en-ciel du pétrole sur la boue noire. La pompe était un rescapé à peine exploitable provenant d'un ancien derrick, un énorme tas de métal – bleu autrefois, aujourd'hui écaillé et rouillé – lourdement campé sur deux traverses en bois de vingt-cinq centimètres de côté imbibées de pétrole.

En grimpant sur la pompe, Buck découvrit qu'elle était envahie par une horde de fourmis rouges chassées de leur lit par une inondation. Il posa ses outils sur les traverses pour ne pas les salir dans la boue, puis, du revers de la main, il chassa quelques unes des fourmis sur les boulons en acier d'une vingtaine de centimètres de diamètre qui maintenaient la tête de la valve sur le corps de la pompe. Il coinça une longue clé autour de l'écrou le plus proche, saisit le long manche horizontal et tira pour tester la résistance. Il tira un peu plus fort, encore plus fort, si fort que ses pieds glissèrent, et il tomba dans la boue. Hébété, il ne réagit qu'en entendant le rire sonore du garçon, alors il attrapa le manche de la clé au-dessus de lui. Il resta un moment dans cette position, le temps de reprendre son souffle, puis il tenta de se relever. Il était presque debout lorsqu'une première fourmi lui piqua la main. Instinctivement, il lâcha le manche maintenant couvert de fourmis, et il retomba dans la boue.

Le garçon riait de plus belle en se baissant pour aider son père à s'extraire de la boue. Il continua de rire, mais Buck se contenta d'émettre un grognement, cherchant un bâton pour ôter la boue de son pantalon.

Accroupi, jurant dans sa barbe, nettoyant son pantalon et frottant de la boue sur les piqûres de fourmis, Buck dit à John

Robert :

— Sers-toi de celle-là, en désignant une clé plus lourde dotée d'un manche plus court entaillé à coups de marteau.

John Robert coinça la clé autour de l'écrou, prit un petit marteau de forgeron et donna quelques coups de la main gauche sur le manche de la clé, puis à deux mains, mais l'écrou refusait de bouger. Il essaya alors les autres écrous, mais tous étaient aussi serrés que le premier, et aucun ne bougea. Il les essaya encore les uns après les autres, en frappant plus fort, et soudain, de l'autre côté de la pompe, le marteau lui échappa des mains et s'envola à une dizaine de mètres au-dessus de la tête de Buck, pour rebondir contre une des citernes à pétrole. Il courut récupérer le marteau, mais s'immobilisa en entendant la voix de Buck :

— Inutile de s'énerver sur ce tas de ferraille, fiston. Tu peux l'injurier et lui balancer des coups de pied tant que tu veux, il s'en fout. Tu risques pas de lui faire du mal, ce serait plutôt le contraire.

En disant cela, Buck continuait à ôter la boue de son pantalon, et il avait la tête baissée, regardant le bâton décoller la pellicule de boue sur sa tenue kaki, comme s'il se parlait à lui-même.

— Conneries, dit John Robert, puis il s'éloigna.

Quand il revint après avoir récupéré le marteau, Buck et lui travaillèrent d'arrache-pied pour essayer de desserrer les écrous, essayer de briser l'anneau de rouille entre les boulons et les écrous. Le bruit de l'acier contre l'acier se répercutait contre les dépouilles métalliques des trois grandes citernes, emplissant le milieu du jour et résonnant à travers les champs plats et boueux. En se reposant, Buck vit des nuages d'orage se former au nord-ouest ; leurs têtes grises et houleuses chevauchaient de robustes colonnes de pluie, suivant des chemins majestueux et sinueux en direction du Golfe. Finalement, comme il l'avait pressenti, une des averses se dirigea vers eux ; il appela son fils et ils regagnèrent le pick-up au moment où tombaient les premières gouttelettes.

Ils restèrent assis là, en silence, à observer à travers l'air bleu et moite de la cabine les grosses gouttes qui explosaient sur le capot.

— C'est le gisement maudit, commenta Buck. Il pleut toujours quand y faut pas.

John Robert se contenta de hocher la tête, sous le regard de Buck.

— Mais j'suppose que j'ai pas le droit d'me plaindre, il a toujours été bon avec moi. C'est mieux que d'couper du bois. Mon père me faisait couper du cèdre pour les piquets des clôtures du matin jusqu'au soir, quand j'avais même pas douze ans. Voilà pourquoi j'ai foutu le camp quand j'en avais treize, dit-il en ricanant. (Il s'arrêta, contempla la pluie, et reprit :) Il m'aurait écorché vif s'il m'avait rattrapé. Mais le père de ta mère m'a recueilli, il m'a appris le métier de foreur. Bon sang, voilà un type qui savait en mettre un coup. Il vous tuait à la tâche, il vous faisait rouler sous la table et après, il vous aurait donné sa chemise. J'ai jamais vu quelqu'un, ivre ou sobre, capable de faire fonctionner un derrick comme lui...

Il s'interrompit de nouveau, se demandant pourquoi il racontait à son fils ces choses dont il n'avait jamais parlé, pourquoi maintenant, après toutes ces années de silence, devait-il évoquer les jours difficiles... mais en vérité, tout n'était pas si sombre.

— À quatorze ans, je pouvais abattre plus de boulot que n'importe qui, les faire s'écrouler sous la table ensuite, retravailler encore douze heures et remettre ça. Bon sang, c'était quelque chose ces villes champignons, de la folie, des bagarres et des cuites vingt-quatre heures sur vingt-quatre, et quelle rigolade, bon Dieu !

— On dirait, répondit le garçon. Mais maman ne voit pas les choses de la même façon.

— Ah, elle en veut encore à son père, grogna Buck. Elle lui a jamais pardonné de jeter son argent par les fenêtres. Il en buvait une bonne partie, mais il en distribuait beaucoup, et il a jamais laissé sa famille mourir de faim, quoi qu'en dise ta mère. Et quand il a été tué sur le derrick, là-haut près de Goliad, ils ont touché le fric de l'assurance, alors qu'il était saoul comme un Polonais.

— J'imagine que c'était un type bien, plaisanta le garçon.

— Ouais... une sacrée époque. Tout a bien changé. De nos jours, les foreurs font faire tout le boulot par des machines ; et ils touchent deux dollars, peut-être même deux dollars vingt-cinq de l'heure. Merde, les champs de pétrole c'est un chouette boulot pour gagner sa vie maintenant, déclara Buck en tapant sur la cuisse du garçon. Qu'est-ce que tu veux faire quand tu quitteras l'armée ?

— Qui t'a dit que j'allais quitter l'armée ?

— Oh..., fit Buck. Oh.

Il aurait donné tout ce qu'il possédait pour que le garçon vienne travailler avec lui sur le gisement, mais ça ne semblait jamais être la bonne solution. Il était incapable d'offrir à sa femme et à son fils ce qu'ils désiraient l'un et l'autre. Exactement comme le jour où le garçon avait annoncé à sa mère qu'il s'engageait dans l'armée. Exactement comme ce jour-là.

C'était un dimanche de printemps, avant que John Robert ne termine ses études au lycée. Lydia insistait auprès du garçon pour qu'il choisisse dans quelle petite université baptiste il désirait s'inscrire. Le garçon lui avoua finalement qu'il avait l'intention de s'engager dans l'armée dès qu'il aurait terminé le lycée. Ils s'étaient disputés autour de la table encombrée, devant un Buck silencieux. Un des deux camps n'avait pas besoin de son aide, et l'autre ne l'avait pas réclamée.

Lydia conclut la dispute par des larmes, en hurlant que jamais, aussi longtemps que le Seigneur lui en donnerait la force, jamais elle ne signerait son acte d'émancipation, car il n'aurait dix-huit ans que six mois après la fin du lycée, et il ferait bien de se préparer à aller à l'université, car c'est là qu'il irait. Le garçon sortit rageusement par la porte de derrière, en la claquant derrière lui.

Buck resta assis à sa place, toujours silencieux, écoutant l'éclat de la voix de Lydia qui débarrassait la table.

— Samuel, tu devrais aller parler à ton fils, dit-elle. Il devient effronté.

Buck était prêt à se mettre en colère, mais elle l'avait perturbé en l'appelant par son prénom, alors il sortit par derrière lui aussi.

C'était une belle journée de printemps; le ciel semblait refléter le bleu plus foncé du Golfe tout proche. Les poissons ne mordaient pas, malgré tout, Buck aurait bien aimé s'asseoir sur une des jetées avec une canne et un moulinet dans la main, mais il avait une chose à régler avant. Il se dirigea vers le cerisier sous lequel était assis le garçon. Ils discutèrent un moment, et après que le garçon l'ait assuré qu'il était capable de supporter l'armée bien qu'il n'ait jamais joué au football, ni tiré un coup de feu, Buck promit de signer son acte d'émancipation. Il savait que le garçon, avec son aversion pour les livres et les endroits clos n'avait rien à faire à l'université, quoi que pense Lydia du travail manuel. Il se sentit proche de son fils ce jour-là, et il essaya de lui parler du bonheur que procurait le labeur, mais le garçon l'interrompit.

— Parfait, dit-il. J'irai chercher les papiers dès demain, comme ça je pourrai partir la semaine prochaine. À quoi bon terminer l'année scolaire si je m'engage dans l'armée. Bon sang, j'aimerais bien aller en Allemagne. Il paraît que l'Allemagne c'est super !

Dans le pick-up, Buck secoua la tête, se demandant pourquoi est-ce que les choses allaient toujours de travers. Ce n'était pas ce qu'il voulait que le garçon dise, ou même pense, et pourtant, ça semblait parfait, songea-t-il, absolument parfait.

— Hé, j'ai remarqué ta façon de manier le marteau, dit Buck. J'ai l'impression que t'apprends pas mal de choses là-bas.

— Ouais, c'est chouette. On nous apprend un tas de trucs. Comment se débrouiller et ainsi de suite.

— T'as pas la trouille de sauter de ces avions ? demanda-t-il en donnant un petit coup de poing dans l'épaule du garçon. Moi, je serais mort de trouille.

— Ils te laissent pas le temps d'avoir peur. Tu t'approches de la porte, et ces salopards te poussent dehors à coup de pied dans le cul. Ils se foutent que tu aies la trouille ou pas, un coup de pompe et tu voles, répondit le garçon avec un grand sourire. Mais c'est chouette. C'est chouette de sauter en parachute. Je me suis même inscrit dans un club de chute libre.

— C'est quoi ce truc-là ?

— C'est comme un jeu. Faut essayer de retomber dans un cercle sur le sol.

— Comment ?

— Comment ? (Le garçon marqua une pause.) Tu descends en chute libre le plus longtemps possible pour ne pas être déporté par le vent, et tu as un parachute spécial que tu peux diriger. C'est génial !

— C'est toi qui le dis, répondit Buck en secouant la tête et en riant.

Le garçon continua à parler, sans prêter attention aux remarques de son père.

— Des fois, on saute en chute libre juste pour le plaisir. Si tu sais t'y prendre, c'est comme si tu volais. Tu peux même

22

faire des vrilles et des pirouettes pendant la descente; t'as l'impression que le sol est à des millions de kilomètres, que tu vas jamais y arriver, mais en fait tu te rapproches et alors tu commences à t'inquiéter, mais tu attends encore. Tu attends jusqu'à ce que la peur te fasse frissonner. C'est de pire en pire, de mieux en mieux, et tu attends jusqu'à ce que tu saches que si tu n'ouvres pas ton parachute tout de suite, tu vas t'écraser sur le sol. Alors là, tu attends encore une seconde de plus, la meilleure, et bang! Tu tires sur la corde.

Il s'interrompit pour allumer rapidement une cigarette.

— À ce moment-là, tu te dis que tu as attendu trop longtemps, ce salopard de parachute ne va jamais s'ouvrir... mais il s'ouvre toujours, dit-il, en riant. Du moins, jusqu'à maintenant, ajouta-t-il en riant de nouveau, sinon, au lieu d'être ici, je ne serais plus qu'une tache marron et visqueuse quelque part.

... Des fois, je m'endors presque durant la descente après l'ouverture du parachute. Tu es tombé si vite, que tu as l'impression de descendre au ralenti; tu te balances en douceur, comme si tu te berçais pour t'endormir. Tu es tellement détendu, tu as l'impression d'atterrir sur un grand lit moelleux.

— Hé, demanda rapidement Buck en constatant que la pluie avait cessé, qu'est-ce tu fais le week-end prochain?

— Pourquoi?

— Ça te dirait d'aller à la pêche avec moi et Jake?

— Je pourrai pas.

— Pourquoi?

— Je repars demain.

— Ah... la prochaine fois peut-être.

— Ouais, dit le garçon. La prochaine fois peut-être.

Buck jeta sa cigarette par la fenêtre.

— Dépêchons-nous de dévisser ces boulons et installons cette foutue pompe pour foutre le camp d'ici et aller boire une bière.

Il descendit de la cabine, s'arrêta pour prendre le marteau de forgeron de six kilos à l'arrière.

— Avec ça, ces saloperies vont pas résister longtemps, dit-il en brandissant le marteau.

La grosse clé était toujours sur le premier boulon, et Buck commença à taper dessus avec le marteau comme s'il voulait abattre un arbre. Le marteau allait et venait facilement, léger comme une bonne hache à double tranchant, mais quand il cognait, il n'y avait pas de projections de copeaux de cèdre, seulement le bruit sourd de l'acier. Au début, c'était facile, mais cela devint rapidement plus difficile et pénible. Ses coups de marteau commencèrent à retomber sur les côtés, manquant presque le manche de la clé ; alors il retourna la tête du marteau pour utiliser le côté large.

— Tu es fatigué ? demanda le garçon.

— Non, répondit Buck en retournant la tête du marteau, mais il remonta les mains le long du manche, à bout de souffle.

Au bout de quelques minutes, il s'arrêta pour s'éponger le front avec sa manche. Le garçon lui prit le marteau des mains et se mit au travail.

— Pas trop fort, fiston. Faut pas cisailler les écrous.

— Ça m'étonnerait que j'arrive à cisailler trois centimètres d'acier laminé à froid, tu ne crois pas ?

— Ils sont vieux et rouillés, répondit Buck. Vas-y doucement. Je voudrais pas que tu te fasses mal.

— Moi non plus.

Ils se relayèrent, donnant de petits coups de marteau méthodiques, tandis que le soleil rugissait derrière le cumulus bourgeonnant. Sa chaleur sécha le sol, avant de tremper leurs vêtements de sueur. Ni l'un ni l'autre ne parlaient, tandis qu'ils continuaient de s'acharner.

Quand il se reposait, Buck regardait le garçon, calme et sûr

24

de lui, décrire de grands arcs de cercle latéraux avec le marteau. Il se revit trente ans plus tôt : le visage hâlé, la mâchoire carrée, les mains solides. Au moins il me ressemble, songea Buck, dommage que ce soit le fils de cette chienne... Il se ressaisit aussitôt. Voilà longtemps qu'il n'avait pas eu de telles pensées ; ce devait être la fatigue.

Après un long moment, après qu'ils aient perdu trop de temps à essayer d'ôter les boulons, et qu'ils n'aient plus assez de temps pour installer la pompe, même s'ils parvenaient à ôter les boulons, Buck comprit qu'il devait laisser tomber, mais il refusait de s'avouer vaincu devant un stupide tas de ferraille. Semblant abandonner toute prudence, il se mit à donner des coups de marteau furieusement, comme pour se défendre. Le garçon ahanait lui aussi en maniant le lourd marteau. Le rythme ralentit ; leurs forces faiblirent, de violentes crampes ankylosèrent leurs avant-bras et les muscles de leurs épaules. Leurs nerfs s'assoupirent, ils ne sentaient plus les fourmis, et bientôt, leurs mains et leurs poignets se couvrirent de marques rouges de la taille d'une pièce de monnaie. D'infimes pulsations chatouillaient l'arrière de leurs genoux tremblants, accompagnant le martèlement régulier qui semblait leur broyer le crâne. Lorsqu'ils ne purent continuer plus longtemps, pour le moment, ils s'arrêtèrent sans dire un mot.

John Robert fit un pas en arrière, Buck fit un pas en avant, mais il était incapable de soulever le marteau, pas maintenant. Il resta là, les épaules tombantes, sa poitrine se soulevant et retombant sous sa chemise collée par la sueur, les yeux injectés de sang, les bras légèrement écartés à cause de ses aisselles à vif ; trop fatigué pour s'asseoir, trop ankylosé pour tomber, il resta là, la main posée mollement sur le manche dressé du marteau.

— Laissons tomber, dit le garçon, agenouillé tout près de la pompe. Arrêtons ces conneries.

Buck ne dit rien, mais sa tête sembla s'affaisser davantage sur sa poitrine.

— Tu as raison, songea Buck, sans regarder le garçon, mais le manche de la clé tendu entre eux. C'est vrai, ça sert à rien, exactement comme ta mère, et la chasse, la pêche où on va jamais, les choses qu'on fait jamais. Ça sert à rien. Mais ici où l'homme s'exprime pour son travail, ici c'est sûr, un homme a forcément une seconde chance...

— Salopard, gémit-il à voix basse, saisissant le marteau à deux mains et prenant son élan.

— Salopard, grogna-t-il en abaissant violemment le marteau, en frappant de toutes ses forces.

La tête du marteau de forgeron frôla à toute vitesse le manche de la clé sans la toucher, s'abattant vers le garçon, et au moment où la triste face de l'acier défonçait le front du garçon, légèrement au-dessus de l'œil droit, Buck ressentit la faible secousse dans le manche.

Il s'écoula presque un an avant que John Robert ne sorte de l'Hôpital des Anciens Combattants de Houston. Les médecins avaient fait de leur mieux pour arranger son visage, mais son nez penchait fortement vers sa joue gauche, et il avait un creux autour de l'orbite de l'œil droit, là où ils avaient enlevé les morceaux d'os brisés ; un œil de verre inerte comblait le trou. Son cerveau avait subi trop de dommages pour envisager une thérapie ou une intervention chirurgicale, et bien qu'ils ne puissent l'aider à contrôler suffisamment son articulation pour parler, il pouvait accompagner Buck quand celui-ci faisait le tour des puits. Le garçon pouvait aller chercher les outils de son père et lui tenir compagnie avec ses grognements au cours des longs après-midi qu'ils passaient chez Mama Lopez. Buck buvait sans s'arrêter de quatre heures à six heures chaque jour — maintenant que Lydia ne se souciait plus de lui et qu'elle était trop occupée par ses Œuvres pour s'en apercevoir — et il regardait le garçon jouer avec les chiens errants qui entraient et sortaient du bar en toute liberté.

Lydia exigeait peu de choses d'eux, simplement que Buck prenne soin du garçon dans la journée, et que celui-ci aille avec elle à l'église trois fois par semaine. Le garçon semblait apprécier les chants, mais les sermons l'ennuyaient, et il avait pris la sale manie d'ôter son œil de verre et de jouer avec, ce qui troublait les autres membres de la congrégation. Lydia lui donnait des claques sur les mains jusqu'à ce qu'il cesse. Elle ne demandait jamais à Buck de venir à l'église, mais il y allait quand même, chaque fois que le garçon y allait.

Buck accomplissait son travail comme avant, parcourant les environs au volant de son vieux pick-up, allant pêcher ou boire de la bière, accompagné en permanence de son fils. Ils ne pouvaient pas se parler, mais Buck n'y pensait jamais.

Au cours de l'été suivant, Lydia lui demanda de laisser le garçon à la maison le matin. Elle refusa de lui dire pourquoi, et quand il lui posait la question, elle se contentait de sourire, comme si elle avait un doux secret. Le garçon ne pouvait rien dire à Buck, mais il semblait se renfermer sur lui-même de plus en plus, et parfois, l'après-midi, quand Buck l'envoyait chercher un outil dans le camion, il ne revenait pas. Buck partait à sa recherche, et chaque fois il trouvait le garçon, le regard perdu dans le vide, remuant les lèvres en silence, douloureusement.

Puis, un dimanche, Lydia invita le pasteur, son épouse et son Groupe de Fidèles à déjeuner. Elle demanda à Buck de garder son costume après la messe et de manger avec eux.

Lorsque tout le monde fut assis autour de la table, Buck baissa la tête, attendant que le pasteur récite le bénédicité, mais Lydia se leva à l'autre bout de la table, vint se placer derrière la chaise de leur fils, et posa ses mains blanches et sèches

27

sur ses épaules.

— Vas-y, mon garçon.

Celui-ci joignit ses mains maladroitement, grogna pendant quelques secondes, et ferma les yeux de toutes ses forces.

— S...s... sois re...re... remer... remercié... Sei... Seig.... Seigneur p..p..pour ces...

Quand le garçon eut terminé, tout le monde autour de la table pleurait, sauf Buck. Les femmes et le pasteur adressaient des remerciements à Jésus pour cette prière émouvante, quasiment un miracle. Le pasteur pria jusqu'à ce que le poulet soit froid, et pendant tout ce temps, Lydia resta penchée au-dessus du garçon.

— N'es-tu pas fier de ton fils? demanda-t-elle à Buck avec des sanglots de joie dans la voix; son visage était presque redevenu lisse et jeune. Tu n'es pas fier?

Plus tard dans l'après-midi, Buck emmena le garçon jusqu'à une jetée toute proche et là, ils pêchèrent en silence jusqu'au soir.

1963.

DIDIER DAENINCKX

Le psyshowpathe

Ça lui avait fait drôle, la première fois qu'elle était entrée dans l'immeuble, d'habiter l'escalier d'un martyr. La plaque de marbre était vissée sur le mur, à droite, et deux petits tubes de fer peints en noir permettaient de planter des drapeaux, fin août lors des cérémonies de la Libération de la ville.

«À la mémoire de Jean Philippon,

F.T.P., 23 ans,

fusillé par les Allemands

le 24 août 1944»

Valérie s'était aperçue qu'un carton glissé dans la fenêtre d'une boîte aux lettres portait toujours ce nom, Philippon. Une jeune femme relevait le courrier, le soir en entrant du travail, et elle n'avait jamais osé lui demander si un lien l'unissait au résistant mort. L'appartement qu'elle louait depuis maintenant trois mois se trouvait au quatrième étage. L'ascenseur n'avait jamais été installé dans la cage grillagée, après la faillite de l'entreprise de construction, et deux énormes fils électriques poussiéreux se balançaient dans le vide, au rythme des courants d'air. Elle occupait deux petites pièces qui donnaient sur une cour intérieure pavée où il était *interdit de jouer au ballon et d'entreposer les vélos*. L'appartement mitoyen avait été inondé, après la rupture d'une canalisation et

31

elle croisait les ouvriers, quand elle partait travailler. La moitié des habitants du bloc étaient des vieux qui avaient emménagé là avant la guerre, dans la cité « Stavisky », l'autre moitié se composait en parts sensiblement égales de jeunes couples en attente d'un HLM, de familles portugaises, et d'Antillais travaillant dans le grand centre de tri postal. Une vieille Polonaise qu'elle aidait quelquefois à monter ses courses, lui avait expliqué que l'immeuble avait commencé à sortir de terre en 1934, mais la mort de l'escroc Stavisky, auquel il appartenait, avait eu pour effet de tout arrêter pendant des années. Une société s'était chargée de l'achèvement des travaux, bricolant la plomberie avec du matériel de récupération, élevant des cloisons avec de la brique de dernière qualité, se fichant de l'étanchéité des terrasses, comme de la sécurité et du confort des futurs locataires.

— Le seul avantage, c'était le prix du loyer. Au début, on ne payait pour ainsi dire rien.

Valérie l'accompagnait jusqu'au sixième et déposait le cabas au fond du couloir étroit, devant la porte blindée. Une fois elle avait évoqué la plaque. La vieille femme l'avait fixée, les yeux humides.

— On l'a bien connu, Jeannot... C'était un drôle de beau gars... Vous êtes trop jeune pour avoir entendu parler de tout ça, mais il s'en est passé des choses ici, dans cet escalier... Des choses qui m'empêchent encore de dormir aujourd'hui.

Elle avait ouvert la porte. Valérie était entrée dans la minuscule cuisine. Le chat avait miaulé en la voyant.

— C'est un véritable chien de garde, il montre les dents quand il voit quelqu'un pour la première fois...

Le matou était venu se blottir dans les bras de la vieille Polonaise.

— Avant Félix-Potin, le magasin s'appelait La Ruche. C'était plus petit, et à la place des réserves il y avait une autre boutique, un tailleur. Il a échappé par miracle aux rafles de l'été 42. Il se cachait dans les caves et on était quelques-uns à le savoir, à lui apporter à manger. Un jour la police française a bouclé toutes les sorties de l'immeuble. Ils n'ont pas fouillé les appartements, ni visité les toits. Non, ils savaient exactement où chercher : dans les caves... Je ne sais pas qui l'a dénoncé... On a longtemps dit que c'était les gens de La Ruche, pour récupérer la réserve... Si c'est vrai ça ne leur a pas porté chance : ils sont morts dans leur appartement de la Porte de la Chapelle quand les avions anglais ont bombardé la gare de marchandises et que les bombes sont tombées à côté.

Après cette conversation Valérie n'avait plus mis les pieds chez Félix-Potin pendant une bonne quinzaine de jours. Elle faisait ses courses au supermarché proche du bureau, traînait ses sacs dans le métro, l'autobus, et entrant dans l'immeuble tête baissée sans un regard pour la plaque, à droite, ni pour l'ancienne Ruche, à gauche. Les ouvriers terminèrent la réhabilitation de l'appartement mitoyen un vendredi d'avril, et il fut occupé au cours du week-end. Valérie s'en aperçut le dimanche dans la nuit en rentrant de Lyon où elle avait rendu visite à ses parents. Les nouveaux voisins devaient avoir posé leur poste radio contre la cloison, à la place exacte de sa taie d'oreiller car, couchée, elle entendait distinctement la voix du speaker dressant la liste des mauvaises nouvelles du monde. Elle se releva, tira son matelas dans le coin opposé et s'endormit, la tête sous les couvertures. Elle croisa son voisin quelques jours plus tard. C'était un jeune homme blond au visage anguleux, habillé de noir, qui grimpait les escaliers quatre à quatre, sans faire le moindre bruit. Il lui jeta un regard furtif et piqua du nez vers les marches pour ne pas la saluer. Il ne s'était lié à personne dans l'immeuble. La vieille Polonaise ignorait son nom qu'il avait pris soin de n'inscrire ni sur sa porte ni sur sa boîte. Valérie l'entendait rentrer, tard dans la nuit et il dormait probablement quand elle se préparait pour partir au travail.

La première fois que cela se produisit, elle était presque nue, penchée au-dessus de l'évier, et lavait sa lingerie, à la main. Elle avait paresseusement regardé les deux films du dimanche soir, sur la Une, et il devait être autour de minuit. Tout d'abord elle avait cru à une bataille de chats dans la cour, autour du local à poubelles mais les cris, les râles ne provenaient pas de la droite. Elle avait collé son oreille à la paroi qui la séparait de l'autre appartement. Un frisson lui avait traversé le corps quand elle avait reconnu les gémissements d'une femme, le rythme de l'étreinte, les appels, les mots chuchotés. Ses cuisses s'étaient resserrées l'une contre l'autre comme pour réfréner son propre désir. Elle avait fermé les yeux sur le souvenir de Frédéric, et elle était restée là de longues minutes, le souffle court, appuyée contre le mur. Comme l'autre fois, avec la radio, elle s'était réfugiée au fond de son lit mais le moindre râle l'électrisait et le sommeil avait tardé à venir. Plusieurs fois, les jours suivants, elle ne put s'empêcher d'épier les bruits de l'appartement voisin, de se plaquer contre la porte, aux claquements de serrure, pour vérifier les allées et venues, la pupille écarquillée sur l'œilleton. Elle ne surprit que les sons de la vie ordinaire, et n'aperçut que la silhouette sombre et furtive du jeune homme maigre.

Cela recommença deux semaines plus tard. Valérie venait de rentrer, après avoir passé la soirée avec des amis, dans une boîte de la rue Montmartre. Elle avait cédé aux avances d'un type dont elle savait dès le départ qu'il ne lui faisait pas envie. Elle s'était retrouvée, la jupe retroussée, à l'arrière d'un camping-car garé devant une brasserie, rue Lafayette. Le gars avait voulu jouir dans sa bouche, et elle avait eu toutes les peines du monde à se retenir de ne pas lui mordre le gland. Il l'avait insultée quand elle avait détourné la tête, au moment crucial, et que le jet de sperme avait giclé sur la vitre latérale.

Il devait être quatre heures du matin. Perché au faîte du platane de la cour, un merle s'égosillait pour saluer le jour naissant. Elle s'était déshabillée sitôt entrée, et se lavait, pressée de débarasser sa peau de la sueur, de l'odeur de l'autre quand elle avait cru surprendre des gémissements. Son corps humide avait épousé le mur, imprimant sa trace sur le papier peint parsemé de bateaux bleus. Elle tendit l'oreille et comprit que c'était lui qui laissait échapper des plaintes. La femme l'encourageait par des «encore», des «oh oui», prières prononcées des millions de fois chaque nuit sans que leur charge d'émotion en soit altérée. Puis d'un seul coup, c'était devenu plus passionné, presque violent. Les images de ce corps pesant sur elle, de ses mains refermées sur ses poignets, du dégoût qui lui avait maintenu les yeux ouverts, tout à l'heure, affluèrent. Elle se glissa dans un jean, enfila un pull, recouvrit le tout d'un imper et dévala les escaliers pour se réfugier dans la rue, à l'abri de cette lutte sonore qui trouvait tant d'échos en elle. Une voiture passait de temps en temps sur l'avenue, à pleine vitesse. Les pneus sifflaient sur les plaques de pavés qui réapparaissaient sous le bitume usé. Elle longea un bâtiment en construction, une station service. Ses pas alertèrent un chien tapi dans un café, entre les tables. Il se jeta sur la devanture, la gueule ouverte, renversant des chaises dans son élan, et se mit à aboyer tout en griffant la vitre. Elle sursauta et fit un pas en arrière. Une rue revenait, en biais, vers l'immeuble qu'elle habitait. Elle s'arrêta dans un petit parc. Un lampadaire éclairait un banc recouvert de tags blancs. Elle s'assit, remonta le col de son imperméable et leva la tête vers le ciel. Le jour effaçait les dernières étoiles. Soudain son regard dériva sur l'immeuble. Les arbres du square dissimulaient les fenêtres jusqu'au quatrième étage. Elle comprit immédiatement que le seul carré de lumière animant la façade correspondait à l'appartement de son voisin. Elle se cala sur le dossier. Au travers des rideaux elle pouvait discerner la silhouette de l'homme, nu, le sexe dressé. Il traversa la pièce, et réapparut une forme féminine à ses côtés. Il prit la femme par la taille, l'aida à se retourner et, la main sur son dos, lui intima l'ordre de se casser en deux. Valérie demeura là, sous les arbres, les yeux braqués sur le couple ondulant jusqu'au moment où les corps se séparèrent pour s'affaisser sur le sol.

Elle rentra sans allumer la minuterie de l'escalier, et épia les bruits mitoyens. Seule la rumeur montante de la circulation faisait vibrer la cloison. Elle se leva tôt, le lendemain, épuisant la matinée, l'œil rivé au mouchard pour surprendre la sortie de la femme. En vain. Elle prit, sans se l'avouer, l'habitude de s'installer dans le square quand le voisin invitait une femme mystérieuse à le rejoindre. Toutes les figures de l'amour défilèrent devant ses yeux, en ombres chinoises au-dessus des branchages. Une nuit de juin où l'orage menaçait, tout bascula. Valérie était assise sur le banc, une cigarette aux lèvres. Là-haut, après les préliminaires, l'homme s'était emparé d'une règle ou d'une cravache. Ses bras s'agitaient en tous sens, frappant les seins, la figure de sa compagne qui semblait pétrifiée. Soudain il avait brandi un couteau et l'avait placé sous la gorge de la femme. Valérie s'était levée et, horrifiée, elle avait couru jusqu'à la cabine téléphonique. Elle s'était trouvée idiote avec sa pièce de un franc devant la fente aspiratrice de cartes. Sans réfléchir elle s'était précipitée dans l'escalier. La porte se dressait devant elle. Les cris avaient cessé, remplacés par un calme oppressant. Valérie avait appuyé son front contre la porte qui s'était légèrement ouverte, sous la pression. À cet instant précis les cris, étouffés, avaient repris. Valérie trouva assez de courage pour entrer dans la piè-ce. Son voisin était recroquevillé par terre, près du lit, un cran d'arrêt dans la main, et une poupée gonflable déchiquetée finissait d'expirer entre ses cuisses. Devant lui, posée sur un tapis indien, une télé branchée à un magnétoscope finissait de diffuser les images et les sons d'un film porno, lanières et cuir. Elle s'approcha, partagée entre la pitié et le dégoût. L'homme, les yeux clos, ignorant sa présence, mimait encore le mouvement de l'amour en geignant. Brusquement elle fut sur lui. Son pied se souleva, et la pointe de l'escarpin le frappa en plein front. Prise de rage elle renversa la télé, piétina la cassette éjectée de son logement par le choc. Le jeune homme maigre s'était redressé et il avançait vers elle, à genoux. Il lui enserra les jambes et posa sa tête sur ses cuisses.

– Reste avec moi, je t'en supplie...

Des larmes jaillirent de ses yeux, et elle se laissa tomber.

DAGORY

Le héros ce salaud

Était-ce parce qu'elle était belle, douce et jeune ?

Fragile comme un petit chat, maladroite, avec, parfois, des gestes qui, semblant lui échapper, trahissaient la femelle humide et odoriférante.

Ou était-ce simplement parce qu'elle signifiait la mort...

J'étais debout sur le parapet, et, quand je regardais le bord de mes semelles, je voyais, bien loin en-dessous, les eaux noires de la Seine en novembre qui tourbillonnaient en m'attendant.

Une heure auparavant, coincé entre un juge déplumé et un commissaire plein de poils, je participais de mon mieux à un débat ringard (c'était à Courbevoie) sur l'avenir du polar, et doit-on donner une bonne image de la Police Française, etc. Au milieu de l'assistance clairsemée, composée essentiellement de taupes de bibliothèque municipale, de profs de philo, et de retraités des postes cachant sour leur imperméable quelques milliers de pages de manuscrits honteux, elle.

Comme à l'accoutumée, j'avais pleinement conscience de n'avoir pas été brillant. Malgré cela, taupes, juges et flics une fois évacués, elle m'avait demandé de la raccompagner, au moins jusqu'au centre de Paris : il n'y avait plus de métro, et même les taxis trouvent Courbevoie trop moche pour y passer sans raison valable.

Il m'a bien fallu dix minutes pour retrouver ma voiture, égarée au milieu des pavillons de meulière et des entrepôts morts. Pendant que je pestais en essayant de reconnaître mon chemin, elle a commencé à parler, et j'ai commencé à voir... À revoir pour être plus précis...

Entre deux façades obscures, au bout d'un trottoir maculé de crottes, loin, fragmenté, une tache vert émeraude, le plus beau gazon que le bon Dieu ait inventé : l'herbe des pentes alpines scintillant sous un soleil de printemps... L'air vif, les fous rires qui se répercutent dans la vallée, le paquet de biscuits écrasés, les chaussures qui craquent, les cailloux qui roulent, la vie devant soi...

En tête le Grand, à son âge déjà lecteur de journaux de cul, le groin truffé de furoncles juvéniles, déjà vulgaire, déjà lui-même.

Derrière, la Fille. Probablement étonnée d'être devenue femme, dissimulant ses règles, passant de longs moments devant son miroir, nue, à imaginer la main d'un homme qui prendrait brutalement possession de sa fente humide.

Enfin, «Timide», avec ses grandes oreilles et son short trop long. Il ne voit même pas la neige qui claque sur les pentes rocheuses, Timide, ni si un mouflon saute brusquement d'un pic à l'autre. Parce qu'il est trop occupé à se demander si elle a accepté de venir au pique-nique à cause de lui, si elle veut, si elle voudrait, si elle y a simplement pensé, si elle l'aime, si il peut essayer, bref, toutes les conneries qui font la joie de l'adolescence. Il est très atteint, Timide.

La voiture récupérée, on est entrés dans le dédale de la Défense. La Tour GAN, noire, opaque, massive comme une pièce d'échecs... La Tour BULL, aveugle de tous ses yeux de verre, reflétant la nuit sans réponse. Et puis la Grande Arche, le plus gigantesque gibet qu'on puisse imaginer, attendant on ne sait quel monstrueux pendu.

Enfin, ils se sont arrêtés pour pique-niquer : le soleil était à son zénith, il était temps de passer aux actes... Allons chercher du bois pour le feu, on ne fait quand même pas de pique-nique sans griller des merguez et tout ça.
Le Grand a filé de son côté, la forêt n'avait qu'à bien se tenir. La Fille a disparu dans la direction opposée. Timide aurait juré que c'était un signe, alors il est parti derrière elle.

On est sortis du labyrinthe de la Défense, sur le pont de Neuilly les voitures étaient immobilisées par un accident... Quinze minutes au pas, les girophares porteurs de sales nouvelles, une carcasse tordue avec un peu de liquide sombre qui suinte par en-dessous, des chiffons de tailles variables étalés sur la chaussée...

Elle ramassait des brindilles, mais elle l'avait repéré du coin de l'œil, et elle l'a semé. Les filles c'est plus malin que les garçons. Triste Timide, il s'est dit qu'il ne lui restait plus qu'à ramasser des bûches, qu'il s'était raconté des histoires, que jamais une fille aussi jolie...
Et puis elle lui est réapparue. En face, c'est-à-dire de l'autre côté du ravin, passée par on ne sait où... Elle le regardait fixement, sans complaisance, comme pour l'évaluer.
Il lui a parlé. Des tas de mots, des bouquets de mots, mais les mots, c'est tout ce qu'il savait dire, et ça ne vaut pas cher. Ce qu'elle voulait, c'était du concret, une preuve, un Cheva-

lier Servant qui brave le Dragon. Elle lui a fait signe de venir la rejoindre de l'autre côté du précipice. En passant sur un vieux tronc pourri, tombé en travers comme par hasard.

Un flic emmitouflé nous a ordonné de dégager avec des gestes nerveux. Sûr qu'il aurait de beaucoup préféré être en train de tirer dans le dos d'un gosse qui s'enfuit au fond d'une cave de HLM.

L'Avenue de la Grande Armée. De l'autre côté des Champs-Élysées par rapport à l'Arc de Triomphe, c'est comme la vie en négatif... Tout noir, tout triste, tout vide, l'autre face de la fête, de la lumière. La face cachée de la lune, pas marrant marrant.

À nouveau elle lui a fait signe d'approcher. Ça crevait les yeux qu'elle avait envie de lui. Elle aimait bien Timide, mais il fallait qu'il passe le pont. Et lui, tout ce qu'il savait faire, c'était parler : L'arbre avait l'air vraiment pourri, il avait posé un pied dessus, la mousse s'était écrasée sous sa semelle, on aurait dit que ce tronc-là n'était fait que de mousse. Ça allait péter au premier pas.

Les yeux de la fille s'étaient obscurcis. Au début elle s'en foutait, c'était juste une idée comme ça, maintenant c'était devenu une question essentielle. Une question de PRINCIPE, comme de vie ou de mort. Tout à l'heure, il aurait dit «non, j'ai le vertige...» ou «non, ma mère m'a défendu...» ou même «je te baiserais bien, mais j'ai trop la pétoche», ça aurait probablement marché quand même. C'est elle qui serait passée de l'autre côté, tant elle avait envie. Mais, là, le jeu avait changé. Les règles n'étaient plus les mêmes. Il fallait que ça passe ou que ça casse...

Alors, sans le quitter des yeux, elle a enlevé son Sweat-Shirt rose. Même que dessous, c'était encore plus rose, vu qu'elle ne portait rien que deux petits seins à elle. Timide les voyait distinctement, avec leur pointe brune que sans doute jamais main d'homme n'avait touchée, qui se redressaient tous les deux vers lui, en lui criant «viens, passe sur le tronc, tu ne regretteras pas». Mais rien à faire, il avait vraiment les foies : il avait jeté un œil en bas, c'était plein de rochers déchirés. Il s'imaginait glissant, les doigts cherchant désespérément à agripper quelque chose, et puis trop tard, l'arbre qui s'éloigne, la fille qui s'éloigne, la vie qui s'éloigne et qui s'en va... Et les rochers qui font éclater les os, exploser les organes à l'intérieur, gicler les yeux...

Au lieu de prendre les Champs-Élysées, on a bifurqué par l'avenue Marceau. Elle habitait dans le 7ᵉ, j'avais décidé de la raccompagner chez elle. Pas pour la sauter, non, j'étais déjà beaucoup trop dans l'autre histoire pour vivre encore au présent.

De chaque côté du gouffre, ils ont senti tous les deux que ça avait été trop loin, qu'il fallait que ça se résolve d'une manière ou d'une autre. Sans en être bien conscients, ils ont soudain compris, chacun pour soi, que ces moments décideraient de toute leur vie. Vivement, elle a fait glisser son jean et sa culotte. Son petit animal poilu disait : «m'aimes-tu, montre-moi. Si je ne vaux pas qu'on prenne un petit risque, alors, je vaux quoi ?». Lui, il a encore tenté de mettre un pied, mais plus le temps passait, plus il se voyait précisément basculer, hurler, adieu la fille, adieu la vie. Bêtement, il lisait le titre du journal du lendemain : «Un jeune voulait sauter sa voisine. Il glisse et se tue». Avec sa photo, pas ressemblante, celle prise pendant la classe de chant. Et la vie qui continuait, sans lui pour toujours. Alors il pleure. Il pleure et il parle. Mais c'est le même baratin, ça ne sert à rien. C'est clair : tu passes ou tu es foutu.

On s'est arrêtés sur le pont de l'Alma. J'ai mis au point mort et j'ai serré le frein à main. La suite de l'histoire je pouvais la raconter mieux qu'elle, vu que j'y étais, alors qu'elle ne tenait l'histoire que de sa mère...

La fille a tout essayé, tourné comme dans les défilés de mode, ouvert les cuisses comme les vraies salopes, tendu les bras comme la Madone. Mais elle n'avait plus d'espoir. Simplement il lui paraissait impossible de remettre sa petite culotte, son pantalon et son T-Shirt, et de repartir griller les merguez. Elle ne pouvait pas. Et lui ne pourra JAMAIS traverser.

Enfin le Grand balèze est arrivé. Ni l'un ni l'autre ne l'avaient remarqué auparavant, mais lui avait tout vu, depuis le T-Shirt rose jusqu'aux cuisses écartées. Il n'a pas hésité une seconde, il a traversé le tronc d'arbre qui n'a même pas vacillé sous son poids. Puis il a rigolé un bon coup, il a collé une main décidée sur le con de la fille et il l'a baisée. Timide était à quatre pattes dans l'herbe, pleurant, dégueulant, mais, ça non plus, ça ne sert pas à grand chose. D'ailleurs la fille n'attendait plus rien de personne.

Elle m'a raconté la fin de l'histoire de sa mère : plus tard, le grand type l'a engrossée, épousée, et lui a fait trois autres enfants en la battant chaque fois qu'il rentrait de ses tournées de camionneur. L'histoire du pique-nique, elle l'a racontée à sa fille quelques semaines avant de se suicider...

Elle m'a pris par la main. À présent me voilà sur le parapet. Elle m'a dit que depuis la mort de sa mère elle m'avait cherché. Qu'elle m'avait retrouvé sur un rayon de la FNAC, parce que j'avais eu l'imprudence de signer mes romans de mon nom.

Moi, je ne suis rien, je n'ai rien, ni femme ni enfant. Si la gloire avait dû venir je sais qu'elle serait déjà venue. J'approche de la date de péremption, mon compte à rebours a déjà commencé. Elle disait m'offrir une seconde chance. En fait, elle avait à régler les comptes de sa mère, qui étaient devenus les siens.

Sur le parapet des siècles sont passés. Quelques rares voitures ont traversé en trombe, certaines klaxonnant en guide de salutation ou d'avertissement, un type a même crié quelque chose du genre : «la vie est belle, fais pas le con». Mais personne ne s'est arrêté.

En regardant l'eau noire je me suis vu, distinctement vu avec mon parka, en train de me débattre dans l'eau glacée. Combien un homme peut-il tenir par ces températures ? Une minute, deux ? Je voyais mon bras sortir des tourbillons, chercher de l'aide, j'aurais dû tendre la main et me porter secours. Mais pas question, je sentais que si j'amorçais le mouvement en avant, j'allais basculer, de ce long saut que j'avais entamé vingt ans auparavant, et que je n'avais jamais conduit au bout.

La mort attendait sur la berge, et, pour que tout soit en place, elle avait quitté son manteau, sa jupe, et son corsage. Elle était absolument nue, allongée sur un banc, à l'exception de ses chaussures qu'elle avait absurdement gardées aux pieds...

Je souffrais pour elle, j'imaginais les échardes du banc sale qui lui entraient dans la peau, la peinture écaillée qui lui fendait les fesses, la crasse des clochards, et surtout le froid qui devait la mordre jusqu'à l'os... L'une de ses jambes était posée sur le sol, l'autre ouverte sur le dossier du banc. Je m'engloutissais dans la pénombre de son sexe, imaginant le nectar épais échappé du ventre en train de geler progressivement au contact de l'air glacé. Et puis des clochards pourraient survenir, qui lui feraient passer un mauvais quart d'heure, seule ma présence sur le parapet la protégeait un peu.

Interminablement, elle attendait, blême et froide.

L'eau du fleuve ne coule jamais deux fois sous le même pont... Cette fois-ci encore je suis descendu du parapet.

Abandonnant ma voiture sur le pont, je suis parti à pied vers une lumière lointaine au bout de l'Avenue. Je n'avais pas fait trois pas que j'ai entendu un cri, et le bruit d'un corps qui tombe à l'eau.

Je n'ai pas eu à attendre longtemps pour voir passer, entre deux eaux, son corps blanc dont le regard semblait me reprocher de n'avoir pas changé.

Dans le bar vaguement allumé j'ai commandé un café. Un unique client cassait un œuf dur sur le bord du comptoir. Ce n'était pas Prévert, qui est mort lui aussi.

Mais la vie est si belle, quelle qu'elle soit.

J'ai pensé que de tout ça, au moins, je pourrais faire une nouvelle...

ÉRIC KRISTY

Cauchemar de flic

NOUVELLE VERSION

Un tueur rôdait dans la ville.

Il avait déjà frappé trois fois, en l'espace de quelques mois. Toujours des femmes seules, jeunes. Égorgées.

Il tuait le soir, dans les parkings, les couloirs d'immeubles.

Toujours le même scénario ou presque. Il suivait ses victimes ou les attendait près de chez elles. Vraisemblablement, il avait repéré les lieux à l'avance et, son meurtre accompli, disparaissait sans laisser aucun indice.

Le commissaire principal Besson, du SRPJ, ne pouvait émettre que quelques suppositions basées sur des éléments trop vagues : le tueur agissait seul et n'infligeait aucune violence préalable à ses victimes. Il ne frappait qu'une fois, à l'aide d'un couteau de chasse, Puma ou Buck, d'un coup puissant au cou. La mort était instantanée. Il n'y avait jamais viol. Aucune trace de sperme sur les lieux du crime. Aucune empreinte, aucun élément permettant de déduire que ces femmes s'étaient débattues, défendues.

Un cauchemar de flic.

La psychose gagnait. Radio et télévision régionale mobilisées. La technique du meurtrier rappelait de vieux souvenirs, réveillait de vieux démons : le sourire kabyle, sûrement un coup des Arabes, nombreux dans les quartiers périphériques. Menaces de ratonnades. Tracts vengeurs. Bombages haineux.

Le commissaire reçut le renfort de CRS qui patrouillaient la nuit, en soutien des brigades existantes.

On a épluché les fichiers, tenté des rapprochements avec des affaires semblables, gardé à vue des individus déjà condamnés pour des outrages ou des viols, passé au crible les listings des hôpitaux psychiatriques de la région. Des lettres délatrices s'entassaient sur le bureau du patron. Il fallait tout vérifier, poser des questions, établir des recoupements. Perdre du temps. Sans aucun résultat.

Un psychiatre engagé par les enquêteurs travailla d'arrache-pied avec les hommes de la Sûreté urbaine. Au bout de quelques jours, il a remis son rapport : plusieurs pages ampoulées pour dire qu'on avait (peut-être) affaire à un psychopathe, qu'il était (sans doute) impuissant, ou avait (certainement) de sévères problèmes sexuels.

«Bravo et merci, j'aurais jamais trouvé ça tout seul» a pensé Besson, à bout de nerfs.

Et puis un soir, ce que tout le monde redoutait se produit: une quatrième victime est retrouvée. Égorgée dans le parking du Centre Leclerc.

La presse nationale s'émeut, en fait ses grands titres. À la Préfecture, on s'affole. Le ministre se déclare «particulièrement ému et déterminé». L'opposition politique, cantonnée au départ dans une prudente réserve, commence à hausser le ton.

Besson ne met pas longtemps à comprendre que dans cette affaire c'est l'avenir de sa propre carrière qui est en jeu.

Conseil de guerre dans la salle de conférence du commissariat. Les flics, dans un garde-à-vous approximatif. Besson, sur l'estrade, le teint gris, parlant d'une voix sèche : renforcement des mesures de sécurité. Appels à la population. Création d'une cellule de crise à l'échelon préfectoral. Enfin et surtout, reprises de l'initiative sur le terrain.

Le tueur cherche des femmes seules ? Eh bien, on va lui en donner ! Une, en particulier...

Besson n'a pas besoin d'en dire plus. Tous les regards ont déjà convergé sur Annick Pierrard, toute pâle, qui comprend que c'est d'elle qu'on parle. Elle, l'appât, la chèvre.

Dans un silence glacial et respectueux, elle trouve la force de s'éclairer d'un pauvre sourire en hochant la tête.

Ce sera dangereux, prévient Besson. Long. Peut-être inutile. Elle a le droit de dire non. Personne ne lui en voudra.

Annick a déjà dit oui.

*

Annick Pierrard est flic. Pas «fliquette». Gardien de la paix, pas «gardienne». Affectée au commissariat de police urbaine de la ville depuis trois ans. Sécurité publique. Brigade Anti-criminalité pour commencer, Brigade de Surveillance Nocturne aujourd'hui. Pas vraiment la Brigade du Rire. Plutôt ambiance gyro-deux-tons et portières qui claquent, comme claquent les baffes dans la gueule des JV (les «Jeunes Voyous»), certains soirs un peu chauds du côté des Evières.

Quand un homme entre dans la police, on peut parler de hasard, de concours de circonstances. Pour une femme, non. C'est un choix, une vocation. Un père sous-brigadier à la Baule, mort en service à l'âge de cinquante ans. Une mère remariée peu après avec un courtier en assurances et installée en

Martinique. Une lettre, une fois par an, et encore. Toujours les mêmes mots : «Je me suis farci un poulet pendant vingt ans, ce n'est pas pour supporter ma propre fille avec un sifflet à roulette à la bouche et une arme au côté. Tu n'existes plus pour moi.»

Annick est grande, plutôt mince, athlétique. Elle ne boit pas, ne fume pas, porte les cheveux courts, rejetés en arrière. Jamais de fond de teint, encore moins de rouge à lèvres ou de vernis sur ses ongles. Elle pourrait être jolie, c'est du moins ce que pressentent certains de ses collègues mâles du commissariat. Mais jusqu'à présent, pas un n'a tenté la démarche qui permettrait d'en savoir davantage. Les vêtements qu'elle porte sont suffisamment amples pour ne rien révéler de ses formes. Et son attitude assez froide pour décourager les plus téméraires.

C'est une fille solitaire, renfermée. Personne ne sait ce qu'est sa vie en dehors du service. Elle habite une petite maison à l'extérieur de la ville. Il paraît qu'elle a un chien, qu'elle pratique le sport : natation, course à pied, judo. On raconte qu'elle a participé au Paris-Dakar, en moto, il y a quelques années. On ne lui connaît pas d'amant, de petit ami. Le bruit a même couru qu'elle était lesbienne, mais personne n'y a jamais vraiment cru.

Annick est un bon poulet de terrain, une bosseuse. C'est aussi la seule femme-flic au sein des BSN. Un détail qui a son importance.

*

Habillée de vêtements civils comparables à ceux que portaient les victimes du tueur, Annick est équipée d'un minuscule émetteur caché sous le col de sa veste. Dans son sac à main, un petit pistolet automatique. Pour la première fois, elle apparaît à tous comme ils ne l'ont jamais vue : en jupe et escarpins, avec une pointe de maquillage et un trait de mascara qui font ressortir ses traits fins et réguliers.

Mais personne ne s'autorise la moindre réflexion sur cette féminité qu'elle révèle pour la première fois.

Elle semble suffisamment gênée comme ça.

*

Soir après soir, Annick a fait claquer ses talons hauts sur le bitume des cités, des parkings, le carrelage des cages d'escaliers désertes. Planqués dans un «soum», les hommes de Besson l'écoutaient soliloquer à voix basse par HF interposée. «Je prends l'escalier E...», «Rien à signaler...», «Un type, là, en face moi...», «Il est passé, c'est bon...»

Nuit après nuit, elle a essaimé dans son sillage des parfums de femme susceptibles d'exciter les sens du tueur, de ranimer sa haine, de provoquer sa violence.

Une ou deux fois, elle a donné des sueurs froides aux inspecteurs chargés de la chaperonner. Fausse alerte. Micro en panne. Ou encore ce type qui s'est mis à la draguer grossièrement et qui s'est retrouvé en moins de deux plaqué au sol, les lèvres écrasées contre le ciment, un bras tordu dans le dos et un Manurhin dans l'oreille, genre coton-tige. Après quinze heures de garde à vue musclée, Besson a dû lui présenter ses excuses : le bonhomme avait des alibis béton pour les crimes précédents et ne portait pas d'arme.

L'histoire ne raconte pas combien de temps il lui a fallu pour éprouver de nouveau une érection normale.

Ce petit jeu du chat et de la souris a duré deux semaines. Deux semaines pour rien.

Jusqu'à ce soir de septembre...

*

Annick traverse le parking municipal souterrain. Un grand machin sur cinq niveaux. En surface, les hommes de Besson sont planqués dans plusieurs voitures banalisées, l'oreille collée aux haut-parleurs qui leur transmettent les impressions d'Annick.

Soudain, ils entendent sa voix qui murmure quelques mots rapides : «J'entends des pas, derrière moi... N'intervenez pas sur l'instant...»

Les flics serrent les poings. Quelques secondes de silence, puis la voix d'Annick, plus calme : «Fausse alerte, c'est une femme...»

Besson se détend, fait sauter la goupille d'une bière.

«J'arrive... troisième sous-sol... La femme... toujours...»

Cela arrive de temps en temps. La radio qui décroche. Des interférences. Transmission hachurée. Besson tend l'oreille et parvient à saisir quelques bribes de ce que dit Annick : «J'ai vu... type... cavale...», puis un cri. Un coup de feu. Et plus rien.

Besson et ses hommes jaillissent des voitures, un goût amer dans la bouche. Ils se précipitent dans le parking, dévallent la rampe.

Au troisième sous-sol, ils tombent nez-à-nez avec Annick, livide, couverte de sang, l'automatique à la main. Le commissaire la prend dans ses bras, elle se laisse aller contre lui. Il ne pense plus à sa carrière, lance des ordres d'une voix mécanique.

Un inspecteur trébuche sur un corps sans vie. Celui d'une femme, la gorge ouverte, du sang partout.

Annick s'est assise par terre, contre un pilier.

— Il est parti... Par là, dit-elle en désignant le hall faiblement éclairé.

Les flics s'éparpillent.

Les couleurs reviennent aux joues d'Annick :

— Je n'ai rien pu faire... Quand j'ai tiré, il était trop loin...

Les policiers inspectent les escaliers, les voitures. Rien. Le tueur a filé. Et le signalement qu'en dresse Annick est trop vague.

Maintenant, il sait quel piège on lui a tendu. Il se méfiera.

*

Octobre a passé, puis novembre. Le tueur ne se manifestait plus. Peu à peu, la tension a baissé. Les patrouilles se sont relâchées. Annick a abandonné son rôle d'appât. La presse a trouvé d'autres sujets saignants à exploiter.

C'est tout à fait par hasard que le tueur des parkings s'est fait serrer, à la fin du mois de décembre.

Besson et ses hommes, avertis par des témoins d'une altercation dans le sous-sol d'une HLM, avaient bouclé l'immeuble. Ils découvrirent d'abord le cadavre d'une femme, près du local à ordures. La gorge tranchée.

Puis le coup de chance : l'ascenseur en panne, entre deux étages.

Au bout d'une heure, les pompiers ont réussi à débloquer le système. La porte coulissante s'est enfin ouverte, face au palier où la meute policière braquait la cabine.

Annick Pierrard en est sortie.

Pâle, absente.

Ses vêtements, tachés de sang.

Besson a un instant de stupeur, puis il avance prudemment

vers elle. Elle se laisse arrêter sans réagir.

— Pourquoi ? Pourquoi ? répète le commissaire, halluciné.

Elle ne répond pas.

*

Dans son sac, on retrouva un couteau de chasse Smith & Wesson, souillé, plusieurs lettres insultantes signées de sa mère. Et une photo de son père.

C'est dans un silence de mort qu'elle fut conduite vers le fourgon de police garé en surface...

Les experts, contactés aussitôt, ne savaient pas encore l'ampleur du travail qui les attendait.

Le commissaire Besson, lui, savait déjà qu'il venait de vivre sa dernière journée de flic.

Paris, le 18 février 1992

MICHEL LEBRUN

Je t'aime

Ainsi, le charme est rompu.

Je n'aurai pas de regrets ; simplement la tendre nostalgie de ce qui aurait pu être.

J'oublierai nos deux dernières rencontres (l'une révoltante, l'autre triste). Mais je garderai toujours le souvenir d'un taxi en dérive, certain soir d'été, et de la douce révélation de ton corps.

Au total, dix-neuf jours de bonheur, d'attente, d'espoir, de coups de fil interminables, de lettres pour ne rien dire, de retrouvailles acharnées, de soumission mutuelle aux désirs de l'autre.

Dix-neuf jours. Ça compte, dans la vie. Des tas de gens n'en auront jamais connu autant. Merci de me l'avoir fait connaître, même si c'était pour m'en priver soudainement.

Je t'aime.

Tu n'aurais pas dû, le soir où tu m'as annoncé ton départ définitif, ajouter, de ton air de petite fille perverse, que c'était pour la caméra invisible.

*

Sans doute me dirais-tu, aujourd'hui - si les morts pouvaient parler - qu'il s'agissait d'une plaisanterie, d'une manifestation d'humour. Sans doute.

Mais dans l'enfer de la passion, un être comme moi ne comprend pas la plaisanterie. Surtout quand, comme moi, il n'a subi, toute sa vie durant, que d'atroces rebuffades.

De ma main droite, j'ai enserré ta tendre gorge, en ai senti craquer d'un coup les cartilages, tout en assistant à l'immédiate transformation de ta beauté fragile.

Tes yeux, jusque-là pétillants, se sont révulsés. De ta bouche ont jailli des gémissements vite étouffés, puis un lambeau de chair rose, ta langue. Quelques soubresauts, une brève tentative de me repousser, puis plus rien, l'immobilité, le silence, la mort. La poupée molle, que j'ai secouée encore un moment avant de la lâcher sur le sol.

J'entendais des cris, derrière la cloison. Elle s'est abattue brusquement, et je suis resté bouche bée devant l'équipe technique, le réalisateur, l'opérateur qui filmait encore, les assistants.

Je le reconnais, la surprise pour eux a dû être aussi saumâtre que pour moi. Ainsi, tu avais dit vrai.

*

Ils étaient quatre, trois hommes, une jeune femme. Avec, dans le caméscope, la preuve irréfutable de mon forfait.

Tétanisés d'horreur.

J'ai réagi le premier.

Je les ai tous massacrés, le plus costaud d'abord, les trois autres dans la foulée.

Coincés dans l'étroite alcôve délimitée par la fausse cloison, ils n'avaient aucune échappatoire.

Je suis sorti tranquillement de cet appartement truqué que tu m'avais dit être le tien. Personne ne m'a vu.

J'avais pris soin d'emporter la cassette vidéo où était inscrit mon crime.

Chaque soir ou presque, quand je pense à toi, à nos moments de délire amoureux, je me repasse la cassette.

Et, pour te parler sincèrement, je me trouve assez photogénique.

Je t'aime.

GÉRARD LECAS

La Femme de sa Vie

Elle emprunte toujours le trottoir d'en face, de l'autre côté de l'avenue, c'est pour cela qu'il ne connaît pas vraiment son visage. Ses cheveux blonds descendent en frisettes jusqu'au milieu du dos. Une blondeur qui fait tache, qui se repère de loin, comme une étoile en marche. Elle n'avance pas très vite, elle doit être un peu plus petite que Raymond et il ralentit le pas pour rester à sa hauteur. Elle a une jupe plissée à carreaux, des soquettes blanches et des sandales. Elle porte son cartable sur le dos. Lui aussi. À un certain moment, juste après le garage Panhard, elle quitte l'avenue et s'engage dans une petite rue transversale. Il s'arrête pour la voir s'éloigner. Sa silhouette diminue, mais la lumière de ses cheveux blonds continue d'éclairer l'univers de Raymond. Elle tourne encore dans une autre rue, et il ne la voit plus. Il reprend sa route le long de l'avenue. Ses parents habitent plus loin, dans l'immeuble au-dessus du Familistère.

— Alors, t'as encore vu ta chérie?

C'est Jean-Claude qui a cafté. Il l'a dit à sa mère qui l'a répété à la mère de Raymond. Il baisse la tête, ne répond rien et s'asseoit à la table de la cuisine devant son Banania...

— Tu ferais mieux de t'appliquer à l'école...

Raymond se demande pourquoi ses parents ont choisi de

vivre sur ce côté de l'avenue. Et pourquoi l'école des filles est dans un autre quartier. Et pourquoi il n'y a pas davantage de passages cloûtés.

Ce sont deux grands qui sont en classe de certificat d'études. Les bons élèves passent en sixième, les autres font le certificat. Ils ont gardé leurs blouses grises qui descendent en dessous des genoux. Ils ont quitté plus tôt que d'habitude, car en temps normal, ils sortent une heure après.

Ils sont en train de la suivre, sur le trottoir d'en face.

Le cœur de Raymond sonne comme un tambour. Elle s'est mise à marcher très vite, mais les deux autres tiennent la cadence, l'enjambée facile. Raymond distingue parfaitement l'éclat des sourires, il perçoit même, quand la circulation se fait moins dense, le son de leurs voix, il devine les quolibets moqueurs. Quille à la vanille. Aujourd'hui, elle a entouré son cou d'un grand foulard rouge, à cause du début de l'hiver. C'est précisément par le foulard qu'elle se fait agripper, tirer en arrière. Elle se détourne brutalement, les boucles frisées volent autour de sa tête, Raymond voit son visage de face... L'un des grands l'attire vers lui. Un baiser et on te laisse partir. Elle se débat, Raymond entend son cri, et il est persuadé, oui persuadé, qu'à cet instant elle porte le regard dans sa direction, sur l'autre berge de l'avenue. Il oublie de respirer, de penser, tout ce qui n'est pas Elle disparaît derrière une palissade opaque, comme soustrait du monde réel. Il jette son cartable à terre et traverse l'avenue, comme une flèche.

Le chauffeur de l'autobus appuie sur le frein, de toutes ses forces, et à l'arrière, le contrôleur doit s'accrocher à la chaîne pour conserver l'équilibre. La Simca Aronde qui vient dans l'autre sens n'a pas le temps de ralentir, mais réussit à éviter l'obstacle d'un brutal écart.

— Laissez-la ! Allez-vous en... Malpolis !

Il en bégaie d'émotion, Raymond. Les deux grands observent l'apparition, incrédules. Elle a posé les yeux sur lui. Bleu-vert les yeux. Fins, les traits de son visage. Bouche, nez, menton, petites dents, Raymond en a le sang qui passe à l'état solide, l'estomac aussi lourd qu'un galet d'Etretat.

— Eh... Qu'est-ce qu'il veut, çui-là ! Eh!!! Oh!!!

L'un des deux malpolis l'interpelle et en même temps, il cherche encore à La serrer, comme pour affirmer une propriété sur Elle. Une claque énorme lui dessine cinq doigts sur la figure. Signé Raymond. Mêlée. Elle s'enfuit à toutes jambes, avec la jupe qui se relève sur les cuisses, mais les garçons n'en profitent pas, occupés qu'ils sont à castagner méchant. Les deux grands, débordés par la hargne de Raymond, lâchent prise, s'éloignant avec des gestes de menace. Il reste seul, s'aperçoit qu'Elle n'est plus là. À terre, l'écharpe rouge. Une drôle d'écharpe, avec des petits motifs brodés tout autour.

Raymond se prend une mornifle, à cause de sa blouse déchirée dans la bagarre. Le soir, quand son père rentre à la maison, il se mange une torgnole en pleine poire.

— Il finira avec les communistes, dit la mère.

L'année suivante, Raymond est envoyé en classe de certificat d'études. Il est reçu. La deuxième fois. Ensuite, on l'oriente sur le technique. C.A.P. de chaudronnerie, comme son père. Les professeurs écrivent sur le petit cahier de délation à l'usage des familles : élève distrait... n'arrive pas à fixer son attention. Il rate l'examen, une première fois, puis une seconde l'année suivante. Il encaisse des mandales dans les gencives.

— Puisque tu veux rien foutre, t'as qu'à devancer l'appel ! Ils vont te dresser là-bas !

Raymond a dix-sept ans et demi. La Forêt Noire, à dix-sept ans et demi, c'est froid et menaçant, surtout à trois heures du matin avec vingt kilos de barda sur les épaules. Le soir, au dortoir, les stagiaires commandos racontent des histoires sales. Raymond fait semblant d'écouter, puis il remonte le drap sur lui et s'endort, le visage enfoui dans une petite écharpe rouge à motifs brodés. Quand il revient en France, on lui raconte qu'il y a eu des événements, pendant le mois de mai. Il n'écoute pas.

Grâce à un copain contremaître de son père, Raymond trouve une place chez Renault. Il est dans la chaîne d'assemblage des nouvelles R16, à l'Ile Seguin. Il installe la calandre avant, les phares, le pare-chocs, et branche les fils sur les phares. Contrôle de fonctionnement des phares. Dix-sept minutes trente. Après la chaîne avance d'une voiture.

— Tu pourrais dire merci qu'on t'a trouvé une situation!

Raymond remercie, sincère. Il apprécie son travail, qu'il peut effectuer avec des gestes totalement mécaniques, presque sans y penser. À la cantine, il parle peu. Il n'est pas syndiqué, comme son père. Les agents de maîtrise l'apprécient, il fait son boulot, sans histoires. Après la R16, Raymond voit passer la 15, la 17, la 20, la Fuego. Son père a quitté pour prendre un garage à Vesoul, du côté de chez lui. À présent, Raymond vit tout seul dans le deux-pièces familial. Il fréquente le Brazza, le tabac qui s'est ouvert au coin de la rue. À l'heure de l'apéro, à l'extrémité du bar, il consomme une bière.

— Une bière blonde, spécifie-t-il à chaque fois.

Il ne lie pas vraiment connaissance avec les autres habitués, même après plusieurs années. Quelqu'un l'a baptisé Raymond l'Absence. Il s'achète une télévision, pour fêter la sortie de la R21. Tous les jours, en quittant l'usine, il passe le long de la même avenue, toujours du même côté. Il suit des yeux le trottoir d'en face, jusqu'au coin du garage Mercedes, ex-Simca-Talbot, ex-Panhard.

Raymond n'a jamais rencontré de femmes. Pendant son service, en Allemagne, il est allé dans des bars de nuit où des filles blondes étaient à vendre, et en économisant sur sa solde,

70

il a pu faire la chose, pour la première fois. Maintenant, une fois par mois, il va à Strasbourg-Saint-Denis, dans une ruelle étroite, retrouver Nadine, comme elle se fait appeler. Elle lui dit :

— Ça va Raymond?

Et ensuite ils montent dans la chambre. Nadine se coiffe d'une perruque blonde avec des cheveux frisés, puis se met à genoux sur le lit. Il préfère ne pas voir son visage. Ces soirs-là, quand il retrouve le deux-pièces, Raymond noie sa déprime avec une bouteille de Côtes du Rhône. Il s'endort avec les draps sur la tête, les mains crispées sur la petite écharpe rouge. Comme chaque nuit depuis trente ans...

La télévision occupe une place grandissante dans sa vie, sans doute parce qu'on peut la regarder sans la voir. Un soir, il fixe l'écran où l'animateur d'une émission de variétés bavarde avec une actrice de cinéma.

— *L'homme de votre vie, c'est quoi pour vous?*

— *L'homme de ma vie... voyons, l'homme de ma vie. Sans doute un petit garçon, il y a très longtemps, quand j'allais à l'école communale. Chaque jour, après l'école, il me suivait depuis le trottoir de l'autre côté de l'avenue, il croyait que je ne le voyais pas. J'évitais soigneusement de le regarder, j'étais tellement timide. Un jour, il y a deux grands qui sont venus m'embêter et alors, sans hésiter, il a traversé la rue pour venir me défendre et il s'est battu contre eux, tout seul qu'il était! Ma mère n'a jamais voulu me croire, parce que j'avais perdu ma belle écharpe toute neuve dans l'histoire, elle a cru que j'avais tout inventé! C'est lui mon homme idéal, mon héros, le petit garçon de l'autre côté de l'avenue...*

Raymond a glissé du divan en skaï, les genoux à terre. Il rampe vers l'écran, comme un chien, avec un filet de plainte qui s'échappe de sa bouche. Son œil parcourt le front, le nez, la bouche, les petites dents blanches... Les cheveux blonds, coupés très courts, à la mode, peut-être frisés quand même. Elle semble jeune, pourtant, il n'aurait pas pensé... Tellement... Belle... Sublime. Les phrases qui continuent à sortir du haut-parleur s'inscrivent sans effort dans sa mémoire...

— ...*Et je suis encore pendant deux semaines aux studios de Billancourt pour terminer ce film, ensuite...*

Raymond a pris un jour de congé. Il a enfilé un costume, noué une cravate. LE costume et La cravate. À nouveau, la palissade opaque se dresse, pour reléguer dans la nuit tout ce qui n'est pas Elle et lui, comme une phrase interrompue, avec juste un début et une fin, et entre les deux, toute une vie entre parenthèses.

Personne ne l'intercepte quand il entre dans le studio. Un type avec un vieux costume et un bouquet de fleurs. Un figurant. Elle est assise dans un coin, devant un miroir, des mains courent dans ses cheveux, un homme lui parle, penché sur elle. Raymond s'approche, dans un tunnel de lumière.

— Le petit garçon de l'autre côté de l'avenue, c'était moi... C'était moi.

Elle le regarde, interloquée, l'homme qui parlait avec elle le regarde aussi.

— C'était moi, celui que vous avez dit à la télévision...

Raymond se perd dans la syntaxe, manque d'habitude de l'expression orale. Elle rit, embarrassée, il voit bien qu'elle ne comprend pas. Alors il se lance dans les détails, avec ses mots à lui, la date, le lieu, les circonstances, et pour finir, il lui met entre les mains l'écharpe rouge à motifs brodés. Elle devient horriblement pâle. Elle voit cet homme, petit, déjà vieux, les traits ingrats, le crâne dégarni, les dents mal soignées, et ce costume ridicule, posant sur elle un œil glauque de scaphandrier de la mémoire remontant une épave oubliée, une pauvre petite écharpe d'enfant. Tellement authentique.

Elle enfouit son visage entre ses mains et se précipite hors du studio. L'autre homme se penche vers Raymond, lui pose doucement une main sur l'épaule.

— Venez, il vaut mieux que vous partiez... Elle a été surprise de vous voir, elle ne s'y attendait pas... Laissez-moi votre adresse, elle vous écrira peut-être.

Raymond ne proteste pas, il se laisse raccompagner, le bouquet de fleurs à la main. L'homme le regarde s'éloigner, son expression est pensive, il reste ainsi immobile un long moment.

Elle ne lui a pas écrit. Raymond a des soucis. Seguin va fermer Billancourt c'est terminé. Ils l'ont envoyé faire un stage sur les robots, mais il faut trop d'attention, il ne s'en sort pas. Un soir, comme tous les autres, devant la télévision. Ils passent un film avec Elle, un film tout récent.

Le film s'appelle : LA FEMME DE SA VIE. Il raconte l'histoire d'un petit garçon de dix ans qui est amoureux d'une petite fille de huit ans. Un jour, elle est agressée par des voyous et il vient courageusement à son secours. Bien des années après, la petite fille est devenue une star de cinéma tandis que lui n'est qu'un simple ouvrier. Un jour, il va la reconnaître et décider de conquérir celle qui est restée la femme de sa vie. Tout s'oppose à son amour, les différences sociales, les préjugés, tous les hommes qui rôdent autour d'elle, ses obligations professionnelles, le prestige de sa situation. Pourtant, avec opiniâtreté, il va, jour après jour, entreprendre de surmonter tous les obstacles, jusqu'au dernier et le plus important : elle-même, qui finira par avouer qu'au fond de son cœur, le feu des amours secrets de son enfance brûlait encore...

La télévision est en panne. Détraquée. Les larmes de Raymond ont provoqué un court-circuit.

PIERRE LÉON

La Gaufre

Une fois qu'elle l'eut tué pour rien, elle regarda autour d'elle. Sur le palier, dans le noir désolé, il n'y avait personne. Elle se pencha au-dessus de lui. Il n'y avait plus rien à voir. Elle poussa le corps dans l'escalier et, du bout de la béquille, l'accompagna jusqu'en bas. Il pouvait gigoter là tant qu'il voulait, personne ne viendrait le réveiller. Pas elle, en tout cas, ça lui ferait de la peine.

Elle descendit la rue Hoche, puis, par les pavillons et la rue de la Capsulerie, rejoignit la rue de la Beaune. Elle s'arrêta un instant dans la cour des HLM et versa une larme sur le joli terrain vague où ils s'étaient arrangés un jour, Gasoil et elle. Maintenant, un immeuble administratif écrasait le terrain vague et Gasoil avait plié cartons et sacs poubelle. Elle passa au milieu de la chaussée, sous les sorbiers, pour ne voir personne, puis obliqua à droite. Ses béquilles cliquetèrent sur le revêtement de la rue piétonne. C'est elle qui lui avait trouvé ce surnom. Elle lui disait pourquoi on t'appelle Gasoil. Il répondait parce que je pue et que je coûte pas cher. Ça faisait rire les caissières du Parunis.

Elle était crevée comme jamais. Une sorte de lassitude définitive. Chez elle, dans son F1, courageusement mis à sa disposition par le service social, elle tournait en rond.

Dehors, c'était le printemps.

Elle avança jusqu'à la porte et regarda à travers la vitre. Depuis que Jacqueline avait repris le café, la clientèle s'était rajeunie. Des anciens, il ne restait plus qu'elle. Et Gasoil. Celui-ci s'installait au fond, elle, plutôt au bar. Il y a quelques années, c'était derrière.

Elle avait forcé sur le blanc et, malgré les protestations de Gasoil, en avait reversé dans la bouteille. «Tu voulais un blanc limé, non?» Mais son esprit pataugeait ailleurs. Brusquement, elle eut peur. Au fond de la salle, la jeune fille avait haussé le ton. Décidément, ce garçon ne savait pas faire la cour. Ses grosses mains emprisonnaient les doigts blancs aux ongles cerise; qui ne se rendaient pas. La tasse de café s'écrasa par terre et les amis du garçon formèrent un demi-cercle étroit. La salle était remplie de fumée, les vieux se tenaient les uns les autres, et cette petite bande l'avait un peu inquiétée. Mais elle avait pensé qu'ils resteraient tranquilles. Ils avaient pensé qu'on leur ficherait la paix. Gasoil s'était levé et avait fait face au petit groupe. Elle avait posé le torchon. Il y eut une brusque bousculade, puis un cri. La fille avait porté la main à sa bouche. Le sang jaillit, Gasoil s'écroula par terre, crachant les dents. Tout s'était passé en une demi-seconde. Il ne lui en avait pas fallu davantage pour appeler les flics. Elle n'aimait pas les flics, mais elle aimait bien cette gamine. Et Gasoil, qui avait bougé son vieux corps pour la défendre. Ces petits cons n'avaient même pas pris la peine de se tirer, sûrs qu'ils étaient de leur force. Après que le café se fut vidé, elle envoya Gasoil chercher des escalopes et soigna la gamine. Elle s'appelait Jacqueline.

— Dis-donc, la Gaufre, quelque chose ne va pas?

Tout était pareil. Gasoil au fond du café, Jacqueline et elle des deux côtés du comptoir. Elles avaient juste changé de place. Et puis ce surnom. Il lui devait bien ça, Gasoil. Avant tout ça, il disait qu'elle ressemblait à Catherine Deneuve. Pour rire, mais quand même. Il savait faire la cour, pas comme l'autre. Et maintenant, la Gaufre. Ils étaient comme des conspirateurs, tous les trois, ils gardaient le secret.

— Je suis morte, Jacqueline, je crois que je vais faire trois pas.

Gasoil se proposa pour l'accompagner, mais elle le dédaigna de sa béquille.

Elle avait toujours vécu ici, près de la mairie d'abord, en haut du lycée ensuite, et puis là, dans la grande tour de La Noue. Elle avait vu la Croix-de-Chavaux changer, la fin de la rue Alexis-Pesnon, les maisons tomber une à une pour faire place aux HLM de l'avenue de la Résistance. Elle aussi, elle avait résisté. Et jamais quitté Montreuil.

Elle claudiqua jusqu'à la mairie et se posa dans un coin du square, sous un vieil orme tordu, appuyé sur un gigantesque tuteur. «Comme moi», sourit-elle. Ses doigts étaient engourdis, son corps tout entier était comme une boule de laine. «Est-ce que ça commence comme ça?» pensa-t-elle, puis ferma les yeux.

Un jour, quand tout semblait être oublié, et qu'elle pestait contre Gasoil qui traînait depuis deux heures près du flipper, il était entré sans qu'elle l'aperçût. Jacqueline, qui dansait sur du Portabales près du juke-box, n'avait rien entendu. Sans un mot, il s'était approché d'elle et à peine avait-elle eu le temps de lui demander «Déjà parmi nous?», que le coup de poing avait creusé son œil gauche. Elle s'était senti tirer de derrière le comptoir et étendre par terre. Elle n'avait plus bougé, seuls les cris de Gasoil et de Jacqueline la maintenaient en vie, pendant que l'autre s'acharnait sur elle, avec les poings d'abord, les pieds ensuite, le talon de la chaussure écrasant le nez, s'abattant sur son tibia, qu'elle entendit craquer comme une brindille sèche. Après, plus rien, que cette masse rouge et

79

noire troublant son regard.

Elle ouvrit les yeux. Il fallait y aller.

Elle traversa le jardin et se mit à grimper la rue Rabelais. Ce chemin lui était familier, des années qu'elle ne s'en était écartée. Lorsqu'elle revint de l'hôpital, elle apprit que *l'autre* en avait pris pour quelques mois. Elle, seulement trois. D'hosto. Elle n'avait pas cherché à le revoir, ni à refaire sa vie. Jacqueline avait repris le café et la Gaufre pouvait y aller quand elle le voulait. Jacqueline était gentille, Gasoil aussi, et pourquoi en aurait-il été autrement ? Elle ne demandait rien à personne mais prenait ce qu'on lui donnait. Et qui l'aurait reconnue, maintenant qu'elle avait un ananas à la place de la tête ? Et ces béquilles. C'est Gasoil qui les lui arrangea un jour, avec des traverses en plomb. « Un jour que tu as besoin de te défendre, plaf sur le citron », lui avait-il dit en rigolant. Il ne pouvait pas mieux tomber, le vieux cochon.

Elle s'était bien gardée de tomber dans la cloche, faisait sa lessive, sa vaisselle, avait un beau cabas. Elle avait décidé que tout irait bien, désormais. Et d'oublier, doucement. Jusqu'à cette histoire de robinet.

C'était la première fois. Jusqu'ici, dans sa vie de déglingue, toute la machinerie domestique avait fonctionné toute mignonne. Juste retour des choses. Ainsi, elle était restée trois bonnes heures à regarder l'eau couler sur le carrelage de la cuisine. Puis, comme elle avait les privilèges de l'invalide, la mairie lui avait promis un plombier. Lorsqu'elle ouvrit la porte, ce fut comme une gifle. Une deuxième, c'était trop. Ils ne s'étaient pas vus depuis trois ans et lui n'avait pas changé. Aussi elle le reconnut. Quant à lui, il avait fallu qu'elle lui éclaircît la mémoire. Il n'avait pas peur et elle ne savait pas encore que trois minutes plus tard sa béquille s'abattrait sur sa face de rat.

Elle arriva en bas de la tour. C'était comme d'habitude.

Personne n'en avait à foutre de personne. Il était toujours là, recroquevillé, une petite boule d'homme. Elle s'assit près de lui, tomba plutôt, et lui toucha la main. En même temps que le froid mortel pénétra dans sa chair, les larmes brûlèrent ses paupières. Elle lui avait bien arrangé le portrait, à ce mal élevé qui ne savait pas s'y prendre avec les dames !

Maintenant, il était comme un frère pour elle.

Février 1992

PATRICK MOSCONI

Jeannette, mon amour

— Maman, vous avez une sale gueule ce soir.

— Je crois bien, mon petit Maurice, que j'ai vraiment envie de te tuer...

— Me tuer?... Vous m'avez condamné à perpétuité, maman, pas à mort. C'est gluant la mort, maman, vous le savez bien. Ça sent mauvais et c'est terriblement définitif...

— Précisément, Maurice... Ton éternité me pèse...

— Voulez-vous un doigt de Porto, maman?

— Mon fils, il y a bien longtemps déjà que j'ai cessé de vivre. J'avais neuf ans à peine... Je me souviens des pas sur le gravier, de la caresse du soleil...

— Arrêtez vos conneries, maman, sinon je m'en vais...

— Non! Maurice. C'est moi qui part, ça pue la sueur ici...

La dame, tailleur Chanel, maquillée faut voir comme, porte ses 80 ans vers la sortie. Le fiston reste au bar. La soixantaine élégante, les yeux dans le vague, il tète le Porto de sa maman.

Je n'en reviens pas. La vie des autres m'amuse, surtout celles des barjots distingués. J'attaque joyeusement mes œufs-durs-mayonnaise.

La petite salle du restaurant vibre au ryhtme de maxillaires qui mastiquent à qui mieux mieux un menu à 67 francs service compris. L'ennui transpire de ces coups de fourchettes donnés sans passion et de ces corps usés par l'exil salarié. Une dizaine de représentants de commerce, des cadres commerciaux comme on dit maintenant, digèrent les fatigues d'une journée de labeur. Je suis comme eux, je fais comme eux.

La serveuse, gracieuse et sensuelle, distribue sourires et lipides sans compter. Les regards masculins passent de l'écran de télé muet aux longues jambes de la jeune femme en faisant des détours furtifs sur la poitrine, excroissance magique presque dénudée. Dehors, la nuit et la pluie brouillent le décor de Saint-Nazaire qui s'apprête à s'endormir.

— Vous permettez?

Le type s'assoit en face de moi sans attendre mon autorisation. C'est Maurice, le vieux beau, le fils à sa maman. La serveuse lui tend un menu et dépose mes saucisses-lentilles agrémentées d'un gentil sourire.

— Vous avez vos chances, jeune homme! me dit Maurice.

Je hausse les épaules pour cacher ma gêne et avale une bouchée. Les lentilles sont trop salées.

— Je la connais la petite Jeannette, dit-il, c'est une mangeuse d'hommes. Chaque soir, elle en choisit un... Les recalés s'astiquent dans leur chambre sans âme en réinventant ses gros nichons. Paraît qu'ils sont fermes!...

— Écoutez, monsieur, je suis marié et j'aime ma femme. Mes fantasmes s'arrêtent au lit conjugal et...

Il m'interrompt d'un théâtral mouvement de la main.

— Voyons, monsieur... pas à moi! Vous yeux ont valeur d'aveu... mieux, de flagrant délit! Je vous ai observé du bar tout à l'heure. Vos regards étaient discrets, certes... mais humides de concupiscence... Et un petit coup volé loin des couches culottes et de la soupe au choux ça ne se refuse pas, hein? La vie est ainsi faite... Les femmes sont toutes des putes et les hommes des petits garçons qui ne savent pas dire non à leur maman... Surtout quand la mama est pourvue d'un cul et de lolos comme ceux de la petite Jeannette...

Dans mon métier je suis bien forcé d'écouter toutes les conneries des libraires si je veux leur fourguer les dernières niaiseries que personne ne lira. Mais ici, je ne suis pas obligé. Je mets un zeste d'exaspération et un poil de pédanterie pour lui répondre :

— Je crois, monsieur, que nous n'avons pas la même vision de l'éternel féminin...

— Certes... Mais vous êtes encore bien tendre, cela vous passera. Allez ! je vous accorde le bénéfice de l'illusion juvénile... Vous voulez mettre de la poésie autour de ce petit trou gluant et trouver du charme à cette exaspérante matrice... Elles veulent tout, ces femelles carnassières : des enfants, du pouvoir, de la considération et bien sûr du plaisir !... Savez-vous, cher monsieur, que notre charmante Jeannette ira, comme tous les soirs, retrouver son cocu de mari et ses enfants après s'être fait remplir de sperme par un gommeux dans votre genre...

Là, il dépasse les bornes. Je me retiens à ses cheveux blancs pour ne pas lui foutre sur la gueule.

— Monsieur, restons en là ! Votre compagnie me fatigue, ou vous vous taisez ou vous quittez ma table...

Il se lève, me salue d'un signe de tête germanique. Je n'ai plus faim.

*

Seul dans ma chambre je m'efforce d'oublier les formes de Jeannette. En trois années de mariage, pas une tromperie, pas même une tentation. Et, hop, une cambrure de reins, une poitrine à l'étroit sous un tee-shirt moulant, un cul de négresse, un sourire innocent, un éclat gourmand dans l'œil... et voilà mon vermicelle qui devient pire qu'un baobab. Dressé, tout dur, tout con dans cette chambre minable.

On toque à ma porte. Mon cœur cogne en écho, ma queue reste au garde-à-vous. Je rabats le drap. Jeannette ouvre avec son passe, le pose sur la table de nuit, et s'assoit sur le bord du lit. Je lui parle de ma femme, de mon fils, de la fidélité... Elle fait, oui, bien sûr, j'comprends... Sa jupe remonte haut sur ses cuisses, j'entrevois sa culotte, toute blanche. Je parle, je parle, ma queue me fait mal.

Jeannette sourit, un sourire plein d'humanité, et repousse lentement le drap. Sa main frôle mon ventre, s'égare sur ma cuisse, se pose sur mon sexe, j'éjacule instantanément.

Mort de honte, je bafouille un excusez-moi pitoyable.

Elle m'embrasse pour me faire taire, nos langues s'harmonisent, mes mains sont partout. Elle me repousse tendrement en me disant : «Attends. C'est l'heure de la tisane de Maurice, je reviens dans un quart d'heure...» Puis elle disparaît quelques secondes dans le cabinet de toilette.

*

Sous la douche, la culpabilité fait un retour en force : une offensive victorieuse du nœud conjugal. Je prends la décision de ne pas ouvir à Jeannette. Je téléphone à ma femme et lui pleurniche du sentiment, je finis même par y croire. Je raccroche, content de moi mais pas très fier.

On gratte à la porte, je ne bouge pas.

Les bruits cessent, remplacés par des gémissements : une plainte de chat à l'agonie. Intrigué, j'enfile mon pantalon et vais ouvrir.

Le visage de Jeannette est en sang, sa jupe est déchirée, sa petite culotte blanche ne cache plus rien.

Je m'approche.

Jeannette a cessé d'aimer l'amour. La vie s'en est allée.

Fumier de Maurice !

J'appelle la réception pour avoir le numéro de chambre de Maurice, je leur hurle de prévenir la police. Je suis à bout de nerfs. Je grimpe les escaliers quatre à quatre, je ne veux pas laisser à Maurice le temps de faire disparaître les indices. J'arrive, essoufflé, devant la porte 36. J'ouvre avec le passe de Jeannette.

J'en reste sans voix : Maurice est couché dans son lit à côté d'un tout beau jeune homme bien ténébreux.

— Qu'est-ce que vous voulez ? me demande Maurice, badin.

— Jeannette... On... vient... de l'assassiner...

Le visage de Maurice vire à la craie, ses yeux se mouillent. L'empreinte d'une douleur inhumaine. Je n'ai pas le temps d'interpréter que déjà il saute du lit, enfile sa robe de chambre. Ses mains tremblent. Il bafouille, sans me regarder : « Oh mon Dieu... ce n'est pas possible... Où est-elle ? »

— Dans le couloir... au premier étage...

Maurice dévale l'escalier, ses pieds nus claquent comme des gifles sur le lino, j'ai du mal à le suivre. Des portes claquent, éclats de voix, bruits de cavalcades, l'hôtel s'anime sur un tempo de panique à bord. Une main tachée de son agrippe le bras de Maurice. C'est sa mère en équilibre sur des mules talon aiguille, engoncée dans une robe de chambre rose pâle.

— Que se passe-t-il, Maurice ?

Il se dégage sans répondre et poursuit sa course. La vieille dame semble soudain très vieille, je la contourne. On arrive à l'entrée du long couloir.

Maurice bouscule les gens attroupés autour du corps. Il s'accroupit et rabat la jupe sur la culotte déchirée. Dans une caresse sur les paupières il cache les yeux exorbités, écarte une mèche de cheveux. Il prend Jeannette dans ses bras et, les yeux fermés, il la berce, longtemps, longtemps. Personne n'ose parler.

Enfin, dans un sanglot, il laisse venir les mots : "Ma petite fille, ma petite fille chérie... T'avais pas le droit de faire ça à ton papa... ma toute petite fille..."

JOSEPH PÉRIGOT

Annabelle

Elle me suit d'une pièce à l'autre, elle épouse mes pas, elle singe mes gestes, elle glousse dans mon dos : «Je suis ton ombre, hi hi!»

Je me retourne, je dis calmement :

— Annabelle, je t'en prie...

— Ben quoi, je suis ton ombre, mon chéri! Depuis le temps que tu en rêves.

Je hausse les épaules. Je fouille pour la troisième fois le tiroir du buffet. Impossible de remettre la main sur cette foutue clé de voiture. Merde. Et cette garce qui me lorgne de son œil bleu-gris froid narquois. Je vais crier. Je dis doucement :

— Tu ferais mieux de m'aider, Annabelle. On va être en retard chez Alberto.

— C'est toi l'homme. Assure.

«Pauvre conne.» Je ne le dis pas, je le pense, avec infiniment de tristesse. Cette tristesse, je la mets dans mon regard, en essayant d'accrocher son regard à elle. Peine perdue, elle plisse les yeux, tord la bouche, virevolte et déclame :

— Il perd ses clés, il perd ses cheveux, il perd ses dents, c'est un perdant! Saint Tapie, priez pour lui!

Je titubais entre les tables du café et tu pleurais dans ton verre. Je titubais si comiquement dans mon malheur que tu as

fini par sortir de ton verre et des pleurs. Tu es venue me cher-
cher, et tu m'as fait asseoir, comme on fait asseoir un malade,
avec ta main sous mon bras. Je me souviens de ta main sous
mon bras. Tu as dit avec un petit rire : «Qu'est-ce que vous
tenez, mon pauvre ami.» Je me souviens du petit rire et de tes
yeux bleu-gris ciel immenses. Je me suis mis à chanter à ton
oreille : «Pour mon mal apaiser, donnez-moi un baiser...»
Une chanson du Moyen Âge. Je l'avais en disque. Tu avais le
même disque. Tu as continué : «Baisez-moi tant, tant, frin-
guez-moi tant, tant, je serai vostre amye.»

Elle s'est perchée sur mon bureau, repoussant livres, stylos, verre, téléphone, cendrier, tout mon bazar. Je n'aime pas ça. Elle se balance, une jambe dans ses mains entrecroisées, l'autre jambe pendante, avec un air vague et royal. Elle a vu ça au cinéma. C'est un pauvre numéro stéréotypé, Anna, mon amour.

Je rampe sous le bureau – elles sont peut-être tombées derrière, ces putains de clés de saloperie de bagnole. Annabelle me tambourine le dos avec sa talonnette. Elle rit. Gamine insupportable. À gifler. Voilà ce que je devrais faire : la battre. Grande première dans ma vie. Je serais l'homme, enfin. Tu vas voir un peu.

Je rampe à reculons. Annabelle a retroussé sa jupe. Elle est nue sous sa jupe, et j'ai le visage à la hauteur de son ventre, qui se dandine. Je suis à genoux, figé, ridicule. J'ai mal. Je bande et j'ai mal. Je ferme les yeux.

Nous avons eu la patience de trois belles heures, dans la
nuit, simplement enlacés, avec juste assez de caresses pour
goûter l'approche du moment. Tu avais dit : «Il ne faut pas
être saoul, non, pas la première fois, jamais.»

94

À l'aube, nous nous empoignons et je te fringue tant, tant. Tu laboures l'oreiller jusqu'à le crever. Les plumes volent. Se collent sur notre peau en sueur. Nous voici bêtes à plumes. Tu caquètes et je lance des cocoricos. On n'a pas le sens du ridicule, quand on est heureux.

Annabelle a décroché le téléphone. Elle joue à allumer-éteindre ma lampe de bureau. Je m'asseois où je me trouve, à terre. J'entends :

— Il n'est pas exactement à la hauteur, caro Alberto *(rire)*... Mais bien sûr, tu le sais bien... Tu as toutes tes dents, toi *(rire)*...

Un pied balance au ras de mon visage. La chaussure tombe. Je m'absorbe dans l'inspection de cette chaussure vide, relique d'Annabelle. J'entends :

— Tu passes nous prendre dans une demi-heure ? D'accord, caro mio. Je te remercie pour lui *(rire)*.

Je suis en train de me relever. Annabelle raccroche. Elle braque la lampe sur moi, comme un spot de théâtre. Elle suit mon mouvement. Elle déclame :

— Il se lève !

Elle ne voit pas le coup venir. Elle chavire tout d'une pièce, avec un battement de bras. Au contact du sol, son corsage s'ouvre, libérant un porte-clefs qui fait gling sur le parquet.

Je me précipite et la cogne tant, tant, avec des han de bûcheron. Mes poings vont et viennent sans que j'y pense ; ils sont poings qui frappent devant l'Éternel. Je souffle et gémis, j'ai mal et plaisir. La nuit tombe. Annabelle ma belle s'abandonne enfin : *Vous l'eussiez veu mouvoir et doulcement, quant ce vint à sentir le doulx point.*

Il ne reste plus qu'à attendre l'arrivée de caro Alberto. Nous avons un quart d'heure devant nous. Un quart d'heure pour être seuls tous les deux pour la vie, Anna ma docile. Après, ils nous photographieront sous toutes les coutures.

DANIEL PICOULY

Bout de piste

« *Les passagers à destination de New-York, Los Angeles et San Francisco : embarquement immédiat porte n° 27* ».

Le chef coupa le système de réfrigération. Derrière la grille crasseuse, les pales du ventilateur renoncèrent. L'hôtesse d'U.T.A n'allait pas tarder. Le chef releva le col de sa veste et entra dans la chambre froide. Il disposa des caisses de sodas en litière et les recouvrit d'une couverture militaire râpée. De la charcuterie pendait suspendue à un croc d'acier. Il se percha sur un fût de bière pour dévisser la lampe du plafonnier.

— Elle aime bien l'obscurité et le bruit des bouteilles pendant le truc. À 12 ans déjà, son vieux la réveillait au Gévéor. Ça te fait des solides à la chose !... Pourquoi je te raconte ça, le commis ?... Allez, dégage-moi la plonge !

Le commis retourna derrière le comptoir. Il allait lui dégager sa plonge à cette feignasse ! Le chef releva la porte du guichet du passe pour pouvoir le surveiller de l'office. Le bar était presque vide. 1 h du matin. Juste deux stewarts qui faisaient un point fixe en bout de zinc.

— Tu me racles les moutardiers... et tu me passes la saumure sur le rade ce soir... du nickel !

La saumure ! Il allait devoir se ronger les doigts avec ce mélange de moutarde, de gros sel et de vinaigre... Un jour il

lui plongerait la tête dedans... Y'a que comme ça que ça
brille... Tu parles! Qu'est-ce qui pouvait briller dans ce sous-
sol? Le bar du personnel de l'aéroport: un cul-de-sac aveugle
qui s'engorgeait et se vomissait au gré des pauses. Des côtes
de bleu, des salopettes, de la blouse grise, de la chemisette de
pilote, et du jabot d'hôtesse. Ça se mêlait à peine. Une choré-
graphie réglée aux raquettes, comme une Caravelle qui ma-
nœuvre pour aller parquer.

— Tu t'agites, moi, j'ai l'inventaire.

L'inventaire! C'était vite fait avec la fille d'U.T.A. Le chef
gardait le crayon sur l'oreille. Il refermait la porte de la chambre froide, et débraillait à la va-vite son pantalon à pont de
mataf. Ça laissait en consigne sous la couverture, un petit cli-
quetis de goulots et capsules. Après, l'U.T.A. ressortait en se
frictionnant l'anatomie pour faire circuler. Elle faisait le tour
et s'installait au comptoir devant un plateau repas. Le tarif.

— Tu me glisses le ketchup, mon chou.

Elle recouvrait tout cette fille. On frappa à la porte de l'office. C'était Toffy dans l'entrebâillement. Le pointeau de nuit.
Un gros courtaud de maquignon à chevalière. Il cornaquait
des occasionnelles pour l'hôtel de l'aéroport, sinon il racolait
dans les foyers de travailleurs autour d'Orly pour l'équipe de
nettoyage. Le chef lui bourra un sac de pains et de chopines.
Ça irait bien comme ça.

— Bon, le commis, t'es pas en reportage! Tu ripes à la
besogne. À 2 h c'est le grand jus!

Le coup de feu de 2 h! Une lame de fond. Ça débarquait des
pistes, des hangars, des bureaux. En deux minutes le comptoir
se piquait d'une garniture de trognes fleuries. Et le barouf! La
criée, la pression au percolateur, la soucoupe comme à la ma-
relle, la chopine, le ballon, la mitraille, et le tiroir-caisse rentré
à coup de ventre. Là, le chef c'était un chef. Le pas des pati-
neurs, du virevoltant, les objets au doigt et à l'œil: ça rou-

lait. Et soudain le reflux. Comme un vol de ramiers qui se coule par une chatière. Plus personne, le bar vide. Le silence. Un amoncellement de silence.

— À toi de jouer le commis, moi j'ai ma dose.

Le chef s'était affalé sur la table de l'office, la tête au milieu des bras. Le ronflement en auréole. Le commis contempla le bar, le charivari de bouteilles, de verres, de tasses et de détritus. Et là, devant la machine à café. Elle ! Une princesse Peul. Blanche, diaphane, une cigarette comme de l'ivoire sur ses lèvres. Assise sur un tabouret de bar, elle ne regardait rien. Comment était-elle arrivée jusqu'ici ? Le commis ne pouvait la quitter des yeux.

— Tu me glisses du ketchup, mon chou...

L'U.T.A. était réapparue. Vaguement fripée. Attablée devant un gros catalogue. Le commis savait. Il apporta la bouteille de marc et un verre à coudre.

« Les passagers en partance pour Alger, Tunis et Rabat : embarquement immédiat porte n° 17 ».

— Écoute-moi cette pouffiasse de Marinette ! Quand elle bouffe le micro comme ça, c'est que son chef d'escale est en train de la ravitailler en plein vol.

Elle rigolait en frappant le catalogue comme on se tape les cuisses. La princesse restait immobile. Ailleurs. Le commis avait honte. Le chef grogna. Le commis eut envie de tout planter là, de prendre la main de la femme, de partir. Aller dehors, respirer la nuit, la voir sourire, faire voler sa jupe autour de ses jambes.

Toffy entra. Il piqua vers le comptoir et se planta devant la princesse. Elle sourit. Le commis n'aurait jamais pu imaginer qu'on puisse sourire à Toffy. Surtout pas elle. Surtout pas comme une enfant qui s'était crue abandonnée.

— Maintenant tu y retournes !

Il avait sa voix de maître-chien. Comme quand il débarquait les types du monte-charge. Elle disait non avec les yeux. La cigarette restait collée à la chair de ses lèvres. Toffy roulait son visage comme un poing. Elle suppliait. Le commis plongea la lame du couteau à trancher dans l'eau sale. Toffy cogna. Le visage de la princesse resta impassible. Ses yeux défiaient maintenant. Le commis raffermit sa main sur le manche du couteau.

— Bouge pas le gosse !

Toffy saisit la princesse aux cheveux et la fit basculer du tabouret. Elle avait disparu derrière le comptoir. Le commis ne la voyait plus. Toffy la frappait au pied. De la petite rage.

— J'ai dit que tu y retournais !... Toi, le gosse, dans un quart d'heure pour les poubelles. Je t'attendrais pas !

Toffy quitta le bar d'un bloc.

— Ben ma vieille, pour une danse, c'est une danse !

L'U.T.A. aida la princesse à se rasseoir sur le tabouret. Elle avait gardé son visage d'icône. Peut-être un peu de sang sur la bouche. Le commis se sentait lâche. Il eut peur que la princesse ne pose les yeux sur lui. Il pensa aux poubelles. Les deux fûts de plastique débordaient, il les chargea sur le chariot plat. Le chef ronflait. Il quitta l'office. Le long couloir était noyé dans une brume de vapeur d'eau. La bouche d'aération de la laverie du deuxième sous-sol. Il descendit le chariot par le monte-charge et alla taper à la vitre de la cabine du pointeau. Toffy lui donna la clef du local de la broyeuse.

— Tu sais tout à l'heure... sans moi, elle serait paumée cette fille...

Le commis vida ses fûts dans la benne, remplit une bouteille avec du sable du bac à incendie, et broya ses cartons. Puis, il alla chercher Toffy.

— Bloquée ! bloquée ! Je suis sûr que tu as trafiqué la goupille de sécurité ! Là, tu vas m'entendre.

Toffy n'entendit rien. La bouteille lestée le frappa au sommet du crâne. Il avait raison, pour la goupille. Le commis l'avait remplacée par un poinçon d'acier. Les mâchoires peinèrent, mais le poinçon résista. Pas Toffy.

À l'office, le patron commençait à s'agiter. Au bar, l'U.T.A. avait disparu. La princesse demeurait seule, le visage tourné vers la porte. Il ne reviendra plus. Ne vous inquiétez pas. Le commis aurait voulu lui dire. La voir sourire. Boudiat le Sénégalais entra dans le bar en semant la sciure du bout des doigts comme on jette du mourron.

— Tu es en retard, mon frère.

C'est vrai qu'il était en retard. Boudiat repartit. Il balayerait plus tard. Alors le commis tomba la veste et dépota à pleine brassée. De temps en temps, il versait un verre d'eau à la princesse. Elle buvait. Ne le regardait pas. Guettait la porte. Il ne viendra plus. Ne vous inquiétez pas. Je finis mon service à sept heures. On pourrait aller se promener...

— Qu'est-ce que c'est que ce merdier ! Mais qu'est-ce que tu as foutu cette nuit ?

Il ne pouvait pas dire au chef que tuer un type prenait plus de temps qu'on ne croit et qu'enlever une princesse demandait un peu de préparation.

— Tu pourras monter chercher ton compte. Tu finis ton service, et terminé !

Le commis sentit ses jambes filer sous lui. De la quenouille. Pas devant elle. Il n'allait pas se laisser humilier devant elle.

— Et maintenant tu montes aux cuisines pour la viennoiserie. Et fissa !

Le commis trouva la sortie honorable. Mais perdre sa place ! Il revint avec un panier de croissants et de brioches. Il lui en offrirait. Prenez, c'est tout chaud. Le chef avait dégagé le plus gros et mettait de l'ordre dans la chambre froide. Le commis eut un pressentiment. Du givre entre les omoplates. Dans le bar, au comptoir... elle avait disparu ! Sa princesse Peul, sa diaphane. Partie !... *Les passagers à destination de...* Il sortit du bar et se précipita dans le couloir. Dans la brume chlorotique il crut la distinguer au loin. Il courut. C'était bien elle. De dos. Cette démarche caractéristique. Ce balancé. Appuyée sur une canne anglaise. Certainement la poliomyélite. Le commis resta figé. Elle disparut.

Il retourna à l'office. Dans la chambre froide, le chef était en train de revisser l'ampoule du plafonnier. Au moins il garderait son travail. Le commis balaya le fût de bière sous les pieds du chef. Le croc d'acier retint son souffle. Le dernier. Par la gorge.

— Glisse-moi du ketchup, mon chou.

L'U.T.A. était là, adossée à la porte. Elle passa devant lui, le frôla et s'allongea sur la couverture militaire. Le corps du chef se balançait doucement. Elle remonta sa jupe sur ses cuisses.

— Tu trouves pas que c'est important pour une femme... les jambes ?...

PASCAL POLISSET

La ballade de Moontan

Bulltown, mardi 10 mai 1892, dans l'état du Texas.

Le rotor du ventilateur partageait son ron-ron avec celui de grosses mouches bleues qui de temps en temps allaient rebondir sur les vitres dégueulasses de la salle de la mairie.

Sur la table de bois rouge, trois bouteilles de gnôle formaient un triangle presque parfait, six chapeaux couchés par la chaleur et autour sept hommes, silencieux.

La porte grinça et dans une volute bleutée de son cigare, apparut William Sonnie, rouge et luisant, bedonnant et heureux.

— Désolé les gars, j'ai couru une putain d'grosse vache, j'ai cru qu'mon ch'val allait crever...

— Tu peux pas aller chez Daisy, comme tout le monde – ricana Tony, hilare de sa bonne plaisanterie. Les autres se marrèrent grassement ou gloussant selon les humeurs.

— Nous pouvons commencer – proposa John, maire pour l'honneur, épicier-maquignon pour vivre, – J'ai préféré, avant de prévenir le juge, vous réunir, l'affaire est trop grave et je n'ai pas confiance dans ce type. Peux-tu, Will, remettre les pendules à l'heure...

En dehors de sa qualité d'éleveur de bêtes à cornes, Will était marshall de Bulltown, état du Texas.

— Bon c'est simple, j'marquais les génisses dans l'corral près d'la rivière rouge quand Mootan est arrivée, tout'blanche – un rire fusa sec de la bouche de Karl le forgeron –

— Ta gueule, Karl, on a pas fini, si tu déconnes – protesta Anton en poussant son chapeau sur sa nuque –

— Bon j'continue... Moontan déboule dans le corral, les yeux hors du visage et m'dit : « J'ai tué Larry... » – j'ai fini mon marquage et j'ui ai dit « tu déconnes », el'm'a dit : « je l'ai tué, c'est vrai ». Voilà, j'étais dans l'caca, vu qu'j'avais'core sept bêtes à passer au fer. J'ai pris Ceiling, l'étalon qu'a failli crever cet après'm et j'ai été chez Bob.

— Tu ne l'as pas attachée – demanda Tony.

— Ben si, j'l'ai ferrée à la porte du corral... autrement ell's'rait pas chez Bob maintenant.

— Pour moi l'affaire est simple, Larry est mort, Moontan l'a tué, prévenons le juge et c'est réglé, proposa Oleg le barbier-médecin.

*

— T'as raison – ironisa Anton – pendons Moontan et toute la ville nous tombe dessus, Larry Cox était aussi apprécié qu'un chien jaune dans un troupeau. Qu'en penses-tu John ?

Le maire se récura la narine gauche, colla sa victime sous le rebord de la table et sussura :

— Larry faisait chier tout le monde, mais il a six gars à lui, d'un autre côté, il y a bien vingt types prêts à nous emmerder si Moontan paye la note.

— La note, la note, il faut bien la payer, c'est bien la bonne femme qui l'a tué, c'est sur son compte...

— Tu l'as bonne, Karl, combien de fois as-tu promis de le descendre quand t'es chez Daisy, il t'a bien piqué à coups de fusil le bout de terrain sur lequel tu voulais remonter ta forge,

108

t'as même un bout d'oreille en moins – répondit calmement
Dan, agriculteur dans le genre « j'ai trois vallées pour cultiver
ses céréales ».

Karl rougit violemment et gueula.

— S'il avait fallu le faire, je l'aurais flingué,... le fusil... ce
sont les hommes qui le portent, pas une bonne femme.

— Karl a raison, Larry était un salaud mais si les femmes
tirent sur les hommes y a plus de justice. Chacun son truc. En
plus personne n'a rempli le lit de Larry...

Dan se servit une goutte de gnôle : « Dites donc les gars,
c'est plus facile de commander les fleurs pour l'enterrement
que de passer commande chez le croquemort, la balle qui
a nettoyé ce salaud n'était ni mâle ni femelle...

— Je suis d'accord avec Dan, elle nous a bien aidés, ce
qu'il faudrait faire c'est trouver une solution... sans le juge...
sans les tueurs de Larry... sans ses ennemis – proposa le maire.

— Et sans la bonne femme – rajouta Tony – elle l'a tué pas
pour nous, mais parce qu'il la prenait pour du bétail...

— Ça c'est vrai – acquiesça Will – c'est c'qu'elle a dit et ça
c'est tordu...

— D'abord qu'est-ce qu'on juge : pas les conneries de
Larry, c'est fait, il pourrit, ce qu'on juge c'est une bonne
femme qu'a tué un gars... Quand il faut tuer un type le
marshall nous donne une étoile, il la donne aux hommes, ...
pas aux femmes...

*

Le silence se fit dans la salle, Jack le banquier, silencieux
jusqu'alors dégrafa son gilet de toile, sortit sa montre et dit :

— La justice doit se faire dans cette ville comme elle doit se
faire partout dans le pays, c'est-à-dire : avec un marshall qui
arrête et enquête, un juge qui amène les textes de la loi et un

jury d'honnêtes hommes qui votent à la majorité, nous ne devrions pas être là à faire le travail que ces gens-là doivent faire.

— Le jury c'est nous – glapit Tony.

— Des hommes honnêtes, t'en connais beaucoup – rétorqua Dan, un sourire narquois au coin des lèvres.

— Moi, j'suis marshall – se gonfla William – et j'dis comm'je pense, la ville c'est nous, la femme elle doit pas prendre l'fusil pour dire qu'ell'est pas d'accord. Le jury c'est nous, elles doivent nous respecter.

— Minute, Will, le jury, c'est le juge qui le convoque – répondit Oleg.

— C'est le maire qui donne la liste des hommes – rétorqua John, fier de son pouvoir.

— Ce que vous nous proposez, Will, Karl et toi, John c'est de juger avant la loi, ce n'est pas correct – glissa le banquier.

— Quand t'as pris la ferme des Grand, t'avais quelle loi – siffla Tony.

Jack éventa son visage, chassant une mouche fantôme.

— Mettons aux voix si nous prévenons le juge – proposa John.

— On vote pas à la main debout... – protesta Karl.

— On vote à la couleur : rouge pour le oui, noir pour le non. Tout le monde tomba d'accord. Le chapeau du maire fit l'urne, les bulletins de vote furent confectionnés de deux bouts de foulard déchirés en seize morceaux.

Quelques minutes après, John donna le résultat : trois oui et quatre non, un gars n'avait pas voté.

— La chose est entendue, nous décidons du sort de Moontan : pendue ou pas pendue...

— Mais John, coupable ne veut pas forcément dire pendu ? s'offusqua Oleg.

— On'a pas d'prison grogna Will.

110

— Ça coûte cher à Bob depuis trois jours il nourrit la femme.

— La ville n'a pas de sous pour nourrir les brigands — ajouta le maire.

— Stop, nous pouvons aussi décider de ne pas la condamner.et de l'expulser de la ville — proposa Dan ;

— C'est pas possible, la femme.peut pas tuer l'homme — souffla Will.

*

— D'abord c'est pas une femme — hurla Karl — c'est une Peau-Rouge, ces gens ont le goût du sang dans le lait de leurs mères.

— Tu exagères, c'est sa grand-mère qui était indienne...

— Les indiens sont calmés, ils ne passent plus par notre ville, depuis au moins cinq ans.

— Parce qu'on les a chassés, on les a virés.

— Du calme — proposa Anton — Notre problème, c'est que nous avons voté de décider entre nous du sort de Moontan, pourtant je ne vois pas de solution parce que nous sommes quatre d'un avis, quatre de l'autre.

— Je propose, en tant que maire, qu'un gars de chaque camp dise rapidement son point de vue, et que nous votions à la couleur, rouge : coupable, noir : non coupable. Qui cause pour le rouge ?

Tout le monde se regarda, Tony posa ses deux grosses mains sur la table et parla :

— Larry est mort, bon débarras, si on tue pas sa femme (plusieurs grondèrent autour de la table) ...si Moontan n'est pas condamnée, les hommes de Larry vont nous en faire voir...

— Il n'y avait qu'à appeler le juge — répondit Oleg... on a voté, c'est la justice, pas d'juge...

— Bon mêm' si les gars de Larry vont se faire pendre ailleurs, il faut pas qu'une bonne femme fasse des coups de feu contre les hommes, surtout quand c'est une indienne.

Quasiment tout le monde se mit à protester contre les remarques de Karl qui se tassa dans son siège en remettant son chapeau sur la tête.

Tout naturellement, Dan prit la parole :

— Je ne suis pas aussi convaincu que Jack des qualités de la justice, pour moi le problème c'était Larry, Moontan nous a tous aidés, passons le balai, payons sa ferme et qu'elle parte...

Dans le silence du jour qui s'éteignait, les bouteilles de gnôles firent le tour de la table, William, plus suant que jamais tordait ses deux bouts de rubans, un rouge pour oublier, un noir pour effacer.

Le chapeau du maire fit le tour sous la table ou chaque paire de mains cachait son vote.

*

Le mercredi 16 mai 1892, à six heures du matin, Moontan fut pendue, condamnée par six voix contre deux.

Bob, fermier de son état, perçut deux dollars-or pour avoir nourri Moontan huit repas, pour la corde de pendaison et la tombe le jury lui donna un cheval de neuf ans.

Sur la grosse pierre, couronnant le monticule de terre labourée, un lâche a écrit : « merci Moontan... ».

Pour Saint-Nazaire, un siècle après...

JEAN-BERNARD POUY

Péage

Elle avait mis trois jours, avec sa petite scie de ménage, pour couper les deux canons superposés du fusil de chasse. Ce n'était pas pour faire systématiquement comme dans les télé-films, mais, ainsi, il pouvait tenir bien à plat sur ses genoux, quand elle était assise dans la cabine, et même les routiers, du haut de leur perchoir chromé, ne pourraient l'apercevoir.

Et elle était à bout. Au bout, aussi.

Là, au péage tranquille de Roncilly.

Ce soir, à 23 heures, pourquoi 23, parce qu'elle les avaient les 23 printemps, et c'était plutôt un paquet d'hiver et il n'y avait plus de raison pour que ça change.

Elle était dans le sens Paris-Province, Marcelline se char-geait de l'autre sortie, à l'autre bout du terre-plein éclairé en bleu électrique par d'anémiques néons, c'est elle qui se cognerait les harassés, les laminés, les abrutis par le kilomé-trage, ceux qui n'ont plus la force de draguer et de plaisanter, malgré la joie intense d'être enfin arrivés à bon port.

Mais elle, elle se taperait les véhéments, ceux qui n'ont pas encore la tête embrumée par le ruban, ceux qui sont encore excités pas l'idée même d'avoir été à Paris, par le plaisir innom-mable de la bagnole du Vendredi soir, ceux qui croient tou-jours partir pour l'île du Pacifique, alors qu'ils ne regagnent que leurs fermettes aménagées ikéa dans la plaine de Melun. Ceux qui laissent tout derrière, la semaine, le boulot, le bon goût, les bonnes manières, l'intelligence. Qui en profitent. Et qui sert d'exutoire à tant de dérisoire bonheur, à tant de violence contenue? Bien sûr, elle, la petite nana, toujours la même, tu sais, la brunette aux yeux un peu jaunes, coincée derrière sa vitre de plexi, qui devrait sourire pour faire croire que ce monde-là, cette cosmogonie autoroutière n'est pas aussi déshumanisée qu'on veut bien le dire, et qui doit être toujours aimable pour leur faire oublier, à tous ces hommes transformés en volants tièdes, qu'avant on leur avait dit, qu'un jour, tout ça serait gratuit.

Et ce vendredi soir, elle le savait par habitude, la tension monterait d'un cran, comme une vitesse enclenchée rageusement. Parce que c'est comme ça. Depuis deux ans.

Et c'était bien comme ça.

C'était bien pour ce qu'elle avait à faire.

Il y en aurait bien un, dans le tas, qui lui dirait les mots magiques. Elle laisserait filer les «j'peux avoir un ticket, mademoiselle, merci, vous êtes charmante», les «tiens, ça a encore augmenté», les «bon courage» (qu'est-ce qu'ils en savaient, ces cons, du courage?), les «excusez-moi, je n'ai pas de monnaie», les «pour vingt francs, vous prenez la carte bleue?, non?, et on fait comment, alors?» (plus l'œil obligatoirement égrillard)...

Elle fermerait l'âme et les yeux sur l'exhibo de service qui paye, la braguette ouverte, et qui compte sur la vue plongeante de la petite et frêle caissière, elle ne risque pas descendre de sa cahute, sur le moite habituel qui, en tendant son bifton, en profite pour lui caresser la main, sur le paternaliste qui ne peut pas s'empêcher de valider sa mauvaise conscience en lui offrant ces petits cadeaux, plus nuls tu étouffes, ces chocolats qu'elle ne mangera jamais, cette revue féminine toute gondo-

lée qu'elle n'osera pas feuilleter ou l'affreuse madeleine apla-
tie par l'inconfort d'une puante boîte à gants...

Non, le premier, à partir de 23 heures, qui lui dirait, la
gueule enfarinée, et ça ne manquerait pas, « Ah, ça doit être
dur, votre boulot, coincée là tout le temps ! », ceux-là, elle les
haïssait, qu'est-ce qu'ils avaient l'intention de faire, une fois
qu'ils s'étaient ainsi dédouanés, qu'est-ce qu'ils POUVAIENT
faire ? Au moins, ceux qui lui proposaient directement des
cochonneries, elle pouvait être sûre qu'à son hypothétique
acquiescement, ils fourniraient, il n'y aurait pas de tromperie
sur la marchandise. Tandis que tous ces salauds qui la plai-
gnaient, la petite ouvrière, qu'est-ce qu'ils pensaient faire de
ce gaz d'échappement dont l'odeur colle au corps, dans la bai-
gnoire elle semblait même voir des irisations d'essence miroi-
ter sur l'eau chaude, entre ses genoux ? Qu'est-ce qu'ils
savaient de la mobylette poussive qui la ramènerait dans le F3
de Melun, vide depuis la mort des parents, eux ne l'avaient
jamais vu, le péage, ils s'étaient éparpillés avant, dans la
grande nappe de brouillard, dans l'idée improbable et vaguement clownesque d'un carambolage ? Qu'est-ce qu'ils comp-
taient faire, ces ahuris, pour toutes les copines qui étaient par-
ties, engrossées ou amoureuses, et pas forcément en même
temps ? Qu'est-ce qu'ils pouvaient faire de cette haine de
tout ? De cette haine de la nuit, des camions, la haine de cet
argent qui salissait les doigts, de ces cartes perforées qui di-
saient sur les trous qu'ont les gens dans la tête. La haine de
toutes ces journées lumineuses où elle dormait, épuisée. Et la
peur de changer, de dire non, d'envoyer tout balader. Est-ce
qu'ils pouvaient comprendre le plaisir inouï qu'elle éprouvait
à la lecture patiente de tous ces livres où l'on disait qu'être fou
c'était terminer sa vie au chaud, entre quatre murs blancs et
silencieux, avec plus rien à faire qu'à compter les herbes du
gazon ?

Ce soir, elle allait en allumer un, le premier qui..., elle allait l'éparpiller, sanglant, dans son cercueil à roulettes, elle allait le perforer comme une carte, juste retour des choses, et après, devant les flics, face aux psys, et bien, elle ferait des bulles avec la bouche en disant groin groin et ils la rangeraient à perpète dans une grande maison à la campagne, ils l'abrutiraient de médicaments, le Tranxène elle connaissait, ça faisait vraiment du bien, les nerfs qui deviennent mous, sans espérance, et la vie coulerait alors simple et douce, une vie un peu diaphane, sans pot d'échappement, sans capot brûlant, sans skaï froissé, où la lumière serait sans odeur, blanche, fixe, plus jamais clignotante.

Marcelline, à travers le ronronnement décervelant des moteurs au ralenti, n'entendit qu'à peine les détonations. Mais elle s'inquiéta au son ininterrompu du klaxon de la voiture arrêtée devant la cabine de Léa.

Et quand elle la vit, un fusil à la main, partir à pied sur le grand terre-plein d'asphalte, éclairée jusqu'à la taille par les phares des voitures, elle comprit que quelque chose clochait. Mais elle n'osa pas quitter son poste pour aller la rejoindre. La file des bagnoles qui attendaient était trop importante. Et Marcelline détestait le son des klaxons, ça la rendait folle, le type à la con qui appuie sur cette sorte de trompette de l'enfer, elle serait tout à fait capable de le bouziller sur place.

HERVÉ PRUDON

La femme du flic

Le commissaire bourru rentra fourbu de la bibliothèque. Il accrocha son manteau en poil de chameau à une patère dans l'entrée et glissa comme un loup dans la chambre de bébé, qui ne dormait pas. L'héritier attendait son histoire et le super-flic fit rugir dans sa gorge des lions mythiques, gronder des ogres débonnaires et délirer des sorcières visqueuses, enfin bêler des remerciements émus de gagnants du loto, qui vécurent heureux et eurent beaucoup d'enfants. Bébé dormit. Le flic fit disparaître son épouse dans le couloir et diminua l'intensité de la lampe de chevet. Il baisa son enfant sur le front, sous les boucles blondes.

— Une journaliste arrive dans cinq minutes, dit-il à sa femme, tu nous serviras dans le salon des jus d'agrumes et de légumes, et des zakouskis, des pickles, des radis. Environ un quart d'heure après son arrivée. Ensuite tu pourras regarder un film à la télé dans la chambre. Fais-toi un plateau-télé, je ne dînerai pas, j'ai repris 800 grammes. Tu as fait mes valises, pour demain ? Tu sais que je pars à Toronto. Ouvert ou fermé, le Lacoste ?

Il s'observa dans le miroir et décida ouvert, sportissimo. Le polo turquoise soulignait son bronzage médiatique.

Il installa la journaliste dans le cuir blanc d'un canapé mou.

— Venons-en aux faits, décida-t-il.

— Partons plutôt des faits, biaisa la journaliste, et venons-en à vous. Mes lectrices se font sans doute des flics une image vieillote, ou romanesque.

— C'est pareil.

— Si vous voulez. Elles connaissent Vidocq, Maigret, Bourrel, Colombo ou Philip Marlowe. Sans parler du commissaire Broussard. Il faut dépoussiérer cette image en parlant de vous. Vous êtes cool, souriant et direct, vous communiquez, vous avez le ventre plat et vous ne buvez ni ne fumez. Vous êtes végétarien, amoureux de bel canto, et surtout, vous vous êtes fait une spécialité quasiment médicale de la psychologie féminine, la criminologie féminine. Pourquoi la femme?

La femme du commissaire entra avec un plateau d'apéritifs sans alcool qu'elle fit glisser silencieusement sur la table basse en plexiglass.

— À présent laisse-nous, chérie. Va voir ton film. Pourquoi la femme? Elle est l'avenir de l'homme, non? La mort.

Le commissaire affichait un sourire craquant qui tempérait ses propos audacieux.

— Bien. Dans vos enquêtes, comme toujours, vous cherchez la femme?

— Non. La femme est là, pas besoin d'aller la chercher. Derrière la femme, je cherche la criminelle.

— Vous partez demain pour une série de conférences au Canada et au Japon. Qu'allez-vous dire à tous ces élèves des écoles de police, ainsi qu'aux autorités municipales, aux sommités médicales et scientifiques, aux journalistes présents?

— Je leur parlerai des faits. Quatre affaires en quatre ans. Quatre affaires de femmes. Vous n'avez pas oublié «l'Ivrognesse du Béarn?» On retrouve le directeur d'une clinique psychiatrique d'Orthez égorgé par un tesson de bouteille. Mes collègues locaux piétinent les pelouses de l'établissement, effraient les malades, une soixantaine de pensionnaires alcooliques, toxicos, maniaco-dépressifs, tous dangereux. Les soupçons s'égarent sur un jardinier espagnol bougon.

— Vous vous faites alors passer pour un malade, on vous voit errer dans les couloirs, baver dans votre bol de potage, agité de tics. Vous recueillez des bribes de conversations, des confidences, vous listez des suspects. Vous les faites boire et Jeanne Abadie, quinquagénaire notoire et alcoolique chronique, tombe amoureuse de vous comme elle l'était du directeur. Drame de la jalousie, rien d'autre.

— Il faut que je la tienne par la main dans le bureau du juge d'instruction pour qu'elle fasse sa déclaration. Elle m'écrit désormais régulièrement de longues lettres, très poétiques.

— Et Miss Mafia?

— Ah. « L'Égérie du Crime », « la Fiancée des Gangsters »... Elle ne m'écrira pas. « L'Introuvable », on l'appelait aussi. Qu'est-ce que tu veux, chérie?

— Rien, j'allais...

— Pendant que tu es debout la bouche ouverte, peux-tu aller chercher un cendrier dans la cuisine, sans vouloir te commander; Madame fume. Madame ou Mademoiselle?

— Mademoiselle. La fumée ne vous dérange pas?

— Il n'y a pas de fumée sans feu. J'essaierai de savoir où vous avez le feu... Oui. « Miss Mafia. » Tout le monde a vu ses photos déshabillées à la une des journaux. La Cicciolina des porte-flingues. Elle se promettait, et se donnait, à qui commettait le plus beau crime, la plus insolite forfaiture, le kidnapping le mieux ourdi, le hold-up le plus audacieux.

— Et vous lui lancez un défi.

— À l'heure du prime time. En direct à la télé. Et nous voici dialoguant en duplex, elle est au bord d'une piscine azuréenne, elle minaude en suçotant la branche de ses lunettes de soleil, et je transpire dans un studio des Buttes-Chaumont. Je risque ma carrière. Elle met en doute ma virilité, me nargue, insulte ma famille, et je sors mon joker de ma manche, ou plutôt, de la coulisse, son vieux père adoptif, ancien bras droit de Meyer Lansky. Le vieux mafieux la gronde et la sermonne en direct, devant des millions de gens. Elle éclate en sanglots. Chérie, si tu dois passer et repasser sans cesse pendant que je parle, assieds-toi donc, parle à ma place, et moi j'irai regarder une ânerie à la télé.

— Excuse-moi, je voulais...

— Tu voulais quoi ? Nous demander si tout allait bien ? Tout va bien, ma chérie. Va dans ta chambre et laisse-nous.

— Oui, cette affaire a fait du bruit. On me réclame à Miami, à Boston ou Melbourne, mais je réapparais à Guéret, dans la Creuse, dans la cuisine de Suzanne Scwartz, la « mémé cannibale ». Des enfants aux yeux bleus disparaissaient, dans un rayon de cinquante kilomètres. Les gitans n'avaient rien à se reprocher, ni les sadiques, ni les pervers.

— C'est horrible. On vous voit en photo dans Paris-Match, ouvrant la porte du frigo sur une des découvertes les plus macabres de tous les temps. Des brochettes d'yeux bleus. Cinquante yeux, peut-être, ayant appartenu à au moins vingt-cinq enfants, et plus, s'il y avait des borgnes parmi les petites victimes.

— J'ai eu beaucoup de chance, et d'intuition. Féminine, dirais-je. Ce piano derrière vous est désaccordé, je fais appel aux aveugles accordeurs de piano, et c'est le propre petit-fils de la démente qui me met progressivement sur la piste. Ce n'est pas possible ! Il est fini le film ? Il est con ? La télé ne marche pas ?

— J'allais juste faire la vaisselle. Ne vous dérangez pas.

— Mais nous ne nous dérangeons pas, c'est toi qui nous dérange. Où j'en étais ?

124

— Parlerez-vous des « scandaleuses d'Argenteuil » ?

— Une affaire de mœurs. Isabelle, diaphane, douce, fragile, bien mariée à un vétérinaire aisé, tombe sous le charme de Macha, une homosexuelle perverse, brutale, débauchée, ivrogne, sale. Une « costaud » qui domine la faible petite bourgeoise qu'est Isabelle. Elle la sort de ses certitudes, son confort. Isabelle quitte son époux, sa cage dorée, pour s'afficher avec son amante dans des bars connus de nos services, et finir dans un gourbi infâme. Il suffit de deux mois pour qu'Isabelle sombre dans l'alcoolisme, la démence, le vice et la dépression. Son mari vient la rechercher dans cet enfer. Mais Isabelle ne veut pas partir sans Macha. Le mari, trop clément, bonasse, accueille charitablement Macha sous son toit. C'est le ver dans le fruit. Ils vivent ainsi à trois dans le pavillon cossu du bas d'Argenteuil, à l'écart des cités zoulous. Mais bientôt la paisible demeure devient le paradis des lesbiennes, le lieu sacré des débauches et des drogues-parties, des partouzes, des scandales. La vie du mari bafoué devient un enfer permanent. Il croit s'en sortir en prenant à son tour une maîtresse. Au lieu de fuir, il l'invite chez lui, mais ce n'est plus chez lui, qu'il vit, c'est chez Macha et Isabelle. Elles organisent une soirée grotesque pour fêter l'intruse. Une soirée qui vire au cauchemar, à la messe noire, à la cérémonie secrète. Initiation ? Délire sanguinaire ? On retrouvera le corps de l'intruse exsangue, lacéré des pieds à la tête de centaines de petits coups de couteaux et de ciseaux. Le mari se dénonce à la police. Il croit encore pouvoir couvrir sa femme, qui se dénonce à son tour, pour couvrir son amante, elle. Quant à Macha, elle disparaît.

— Et c'est vous qui la retrouvez. Déguisé en femme, vous la séduisez dans un club de lesbiennes. Elle se vante de sa brutalité, ses crimes et sa bassesse. Vos yeux doux la subjuguent. Elle ne voudra jamais croire que vous êtes un homme. Comment un homme peut-il aussi bien pénétrer l'âme de la femme? Grâce à la vôtre, peut-être?

— La mienne? demanda le superflic, surpris. Qu'est-ce qu'elle fout, d'ailleurs? Chérie?

— J'allais descendre la poubelle...

La femme du commissaire sortit en traînant derrière elle un sac de plastique bleu, lourd des sept kilos du bébé qu'elle venait d'étouffer sous l'oreiller en pilou.

— À présent, tu sais que j'existe, dit-elle plus tard à son flic de mari, qui ne voulut cependant jamais croire en la culpabilité de sa femme ni en la mort de son enfant, tant l'intrusion d'un élément si domestique dans sa vie si professionnelle lui semblait saugrenue.

MARC VILLARD

Quinze ans

Des fois ça la prend comme ça : la vie toujours pareille. Aujourd'hui, elle a décidé qu'elle sortirait seule en ville pour la première fois. La nuit. Ça lui fait un peu peur mais à 15 ans elle veut fouler le noir aux pieds. Elle s'appelle Cynthia, on dit qu'elle est mignonne, ses jambes dorées jaillissent d'une robe un peu courte en Elastiss. Elle habite la deuxième cité, celle qu'ils ont construite quand Flins a commencé à réembaucher. Son vieux travaille sur un tour avec un petit chef derrière le cul toute la sainte journée. Elle dit à tout un chacun que son père est admirable mais, en fait, elle le méprise un peu. La mère est transparente. Gentille mais transparente. Les jumeaux dorment dans la chambre qui fait face à la sienne. Ils allument leurs lampes de poche à minuit pour se plonger dans de vieux Batman, des éditions originales qu'ils achètent à prix d'or dans des boutiques spécialisées. Elle les soupçonne de dealer du hash dans la cave de l'immeuble, le A5, mais elle n'a plus le temps de s'occuper de la moralité de gamins délurés flirtant avec les douze printemps. Elle veut s'éclater un max, comme disent les mecs du lycée. Elle y passe de temps à autre pour vérifier la bonne santé des profs, revoir les copines et assister aux rencontres avec des écrivains. Elle trouve le cours de français à gerber mais elle adore les écrivains. Cet air un peu modeste qu'ils prennent tous pour leur expliquer qu'ils sont des gens très ordinaires, qu'eux aussi ont été lycéens et, de préférence, mauvais élèves. Parfois, elle pose une question intelligente d'une voix fluette. Ses questions concernent toujours les techniques d'écriture, la façon de s'y prendre, le knack, quoi ! Car en réalité, elle en rêve la nuit d'écrire des histoires. Alors, pour compenser, elle communique avec ceux qui publient, ayant l'impression d'adhérer à un club très fermé. Les autres se marrent dans son dos. Seuls, deux Africains font le siège, eux aussi, des invités. Toutes leurs questions portent inévitablement sur la lutte des classes, le racisme, la libération du peuple noir. Ils possèdent tous les deux une culture classique à l'extrême et considèrent avec un souverain mépris les auteurs de polar, SF ou BD.

Pour le moment, elle ment à son père, lancée dans un improbable feuilleton destiné à obtenir l'autorisation de sortir. Janice lui sert de caution, elle habite au 5e étage du D3. Mais Cynthia ne rentrera qu'au petit matin, elle va jouer le coup à sa façon. Le tourneur, crevé, opine mollement aux explications de la gosse. Vite, elle passe un sweet par-dessus sa robe collante, se pique un peu de rouge sur les lèvres et, sac sur l'épaule, dévale les escaliers pour gagner l'arrêt d'autobus qui la conduira au centre de Colville.

Consciente de braver l'interdit, les lumières lui paraissent plus vives qu'à l'accoutumée. Le moindre trou-du-cul traînant la patte lui paraît beau, digne d'intérêt et tout ça. Elle en prend plein la rétine pour pas un rond, enregistre le plus petit détail, met en mémoire tel un ordinateur sophistiqué tous ces symboles de la vraie vie, là où ça swingue à mort, pas comme dans la deuxième cité où des vieillards de 30 ans crèvent à petit feu entre Sabatier-les-dents et un plumard déserté par la plus discrète étincelle de sensualité.

Elle marche dans les rues de Colville, sur un nuage phosphorescent. La nuit viendra te prendre, petite. Elle a lu ça quelque part, ça lui vient par bouffées, les images, le futur antérieur. Qu'elle vienne la nuit, elle est prête.

D'autres aussi l'attendent. Tiens, Sonia, par exemple. Une vioque de terminale qui parade entre deux machos imberbes à la terrasse du Balto.

— Hé, la miss, t'es pas encore couchée à c't'heure?

— Ta gueule, boudin, crache Cynthia.

— De quoi, de quoi...

Elles se balancent déjà des claques à la volée au-dessus des julots effarés. Les Bloody Mary voltigent. Du sang dans le néon. Enfin, Cynthia se dégage, désinvolte, et s'éloigne en sautillant. Avant d'écrire, il faut vivre. Elle le mettra dans un livre. Elle va pas leur tartiner du Sagan, plutôt du Djian version Gore, ça va les asseoir.

Puis elle aperçoit la fête foraine. Ils n'ont pas le Grand Huit mais deux manèges d'auto-tamponneuses autour desquelles se pressent tous les rouleurs des cités alentour. Elle s'approche du manège bleu, les yeux écarquillés, les bras serrés contre sa poitrine. Sur le promenoir qui lui fait face, un jeune type en jeans, tee-shirt blanc et cheveux coupés courts lui fait signe, indiquant une voiture rouge garée contre la bordure. Elle se mordille la lèvre, d'un seul coup ça va trop vite. Dans les bouquins, c'est plus relax, les manœuvres d'approche durent des semaines. Mais ce soir, elle est un peu dingo. Elle fait oui en souriant et ils sautent dans le bolide écarlate.

— Moi, c'est Antoine mais tout le monde me dit Tony. Et toi?

— Cynthia.

— T'es de Colville?

— J'habite dans la deuxième cité.

— J'ai un pote là-bas. Duret, tu connais?

— J'vois pas...

131

— T'as quel âge?

— Heu... dix-huit.

Il se marre, Tony. Il sait. Elle rit aussi un peu timidement alors qu'une clique de débiles issus d'un clan Harley les tamponne sauvagement dans un coin du manège. Ils tournent, culbutent, Cynthia ferme les yeux. La vraie vie. Run, baby, run. La trompe mugit, le manège se fige.

— On va boire un coca?

— Hein... ah oui, d'accord.

Le jeune homme lui prend la main et l'entraîne vers un distributeur chromé qui parade en plein air. Il paie les deux consommations. À pas lents, ils remontent la fête, peu attirés par les tombolas, les tireurs d'élite et les accros à la gaufre-confiture. Tony stoppe brusquement devant le train fantôme.

— Si on rentre là-dedans, tu vas pas chialer?

— Chuis plus à la maternelle.

— Allez, arrive.

Faut les entendre hurler à l'intérieur. Elle s'en remet pas du train fantôme. Peu avant la fin du tour, il écrase ses lèvres sous les siennes. Elle sait pas faire avec la langue. Y'a pas le feu. En sortant, il lui pose une main sur l'épaule, protecteur.

Le ciel est pur, les rues noires. Ils marchent, corps contre corps. Elle raconte la cité, il parle de l'atelier. Une brise légère lui arrache un frisson.

— On se balade, c'est cool, non?

Elle fait oui, baissant les yeux. Quand elle les relève, elle percute à trente mètres trois Harley en quinconce. Le plus grand des trois motards s'avance vers eux, les autres ne cillent pas, en couverture.

Il se plante devant Tony :

— Elle est pour moi, tu dégages.

— Viens la chercher, tête de con.

Les deux garçons s'empoignent, roulent à terre, se cognent

la tête contre le bitume. Cette violence brutale la submerge. La bouche ouverte, elle expulse un hurlement étranglé. Tony ne bouge plus, étendu sur le dos. Sa tête, une bouillie sanglante. L'homme à la Harley se redresse pesamment alors, vite, elle pense : le cran. Elle plonge la main dans son sac, dégoupille la lame et, par derrière, transperce le cœur de la racaille. Au bout de la ruelle, les autres s'activent. Elle arrache la lame, la jette dans son sac et fait volte-face en direction d'un boulevard inondé de lumières. Le ronflement des Harley, son cœur comme un tempo de Manu Katché. Elle court, Cynthia. Sa première nuit, son premier amour, son premier meurtre. «Je serai un grand écrivain». Les mots culbutent contre ses dents qui crissent. Elle va y arriver, elle va leur montrer. À cinquante mètres, le dernier bus pour la cité des 10000. Tu vas l'avoir, Cynthia, tu vas leur montrer, vas-y môme, il te voit dans le rétro. Tu vas l'avoir.

La petite bête qui monte

Douces sont les nuits de Juin dans le Parc des Résidences Fitz-James, d'où la classe moyenne supérieure domine la ville.

Pour être plus à l'aise avec sa nouvelle conquête, Jean-Rémy avait basculé les sièges avant de la CX. Jambes et âmes mêlées comme des bretzels, les amants en étaient aux rires fous, aux soupirs, aux boutons et aux zips. C'est alors que Jean-Rémy se figea. Quelqu'un lui tapait sur l'épaule. Des tapes insistantes.

Affolé, il leva la tête. Georges Marchais en combinaison de cuir noir lui braquait un petit pistolet sur le nez. Sous Jean-Rémy, la belle blonde fit GASP ! et écarquilla les yeux.

Georges Marchais eut à cet instant un haut-le-corps, le poing qui tenait l'arme tangua dangereusement, il bafouilla nerveusement :

— Boubou... bougez pas ! Le portefeuille, le sac ! Vite ou je tire !

— Gloup ! fit Jean-Rémy en bavant de saisissement sur le visage de la blonde qui rugit : « Beuark ! » de colère et de dégoût. Transpirant de trouille, Jean-Rémy tâtonna dans son veston et sortit son portefeuille, tout en écrasant la malheureuse qui étouffait sous lui. Il trouva aussi le sac de la dame écrasée et tendit le tout au braqueur qui bondit sur sa Honda et attaqua frénétiquement le kick.

La Honda péta et refusa de partir. Re-kick, re-pet, re-rien.

Désemparé, Georges Marchais qui agrippait le guidon d'une main et brandissait maladroitement le pistolet de l'autre, lâcha la moto. L'engin se coucha lourdement sur le flanc comme un chameau râleur. Exaspérée, la blonde repoussa Jean-Rémy d'un vicieux coup de genou au bas-ventre et jaillit dépoitraillée et échevelée de la CX.

— Denise, nom de Dieu ! glapit JR, se débattant avec son pantalon autour des chevilles.

Georges Marchais pivota et pointa son arme sur la blonde, qui, réalisant sa folie, détala comme un lapin. Pan ! fit le pistolet. Denise hurla et se mit à sauter et piailler comme une volaille en se tenant la fesse, tandis que Marchais contemplait avec stupéfaction le petit 6.35 à crosse de nacre.

Subitement, secouant sa transe, il releva son engin d'un effort désespéré, rua dans le kick et cette fois la bête gronda.

— Vous allez payer ça très cher ! hurla Denise après l'ombre qui disparaissait à grand vacarme dans le bois baigné d'une touffeur odorante.

Le lendemain, Jean-Rémy rentra chez lui épuisé, humilié et furieux. Il avait passé la nuit à chercher une clinique pour une Denise hystérique et à porter plainte contre X pour agression sur l'insistance rageuse de celle qui avait évité de peu d'être sa maîtresse. Lui-même s'en serait bien passé. Mauvais pour le standing, à preuve ces lourdauds de flics qui ricanaient en douce en prenant sa déposition.

Au service d'urgence de la clinique, ça s'était mieux passé. Un 6.35 mondain n'est pas une arme très féroce et l'interne retira la petite balle comme une écharde d'un ravissant derrière bronzé et ferme qu'il pansa longuement.

Mais la nouvelle aventure de Jean-Rémy était à l'eau. La belle avait percé sa nature de poule mouillée. Seule consolation : ils avaient récupéré sur le bord de la route le portefeuille, le sac et un masque de carnaval tout fripé. Probablement semés par le braqueur paniqué.

Dans le salon aux vastes baies vitrées, Allix lui planta un baiser distrait sur la joue, écoutant à peine ses explications laborieuses concernant l'agence de Nice où il avait dû passer plus de temps que prévu. Il réalisa qu'il aurait pu aussi bien parler du Tibet ou de la planète Mars et lui trouva cet air « tout chose » qu'il connaissait bien.

— Elle a dû encore faire une connerie ! pensa-t-il en se demandant avec une certaine inquiétude combien ça lui coûterait cette fois.

Généralement, il encaissait stoïquement les extravagances de sa femme qui s'ennuyait à Fitz-James. En contrepartie, elle lui fichait la paix avec ses maîtresses et ses « voyages d'affaires ». Mais depuis quelque temps, les affaires, les vraies, allaient mal et il n'appréciait plus du tout de recevoir des factures de magasins où Allix pillait par goût du sport et du frisson pulls, chaussures, sacs et parfums, persuadée que personne ne la regardait. Jusque-là, ça se passait plutôt bien, les commerçants, souvent voisins de résidence, se contentant de lui envoyer la note en suggérant que Madame Leroy avait oublié de présenter sa carte de crédit à la caisse. Maintenant, ça commençait à chiffrer... encore un peu plus de soucis en ces temps de crise.

Tandis qu'ils buvaient un whisky en s'observant comme deux fauves au coin d'une jungle, Jean-Rémy ouvrait son courrier.

Alors, il brandit un bristol :

— Tiens chérie, après-demain, c'est le dîner annuel du Tigers Club. Je sais bien que c'est barbant, mais...

— OK ! OK ! soupira Allix, tes relations d'affaires, tes amis... et moi, je devrais encore empêcher le procureur Schlack de me grimper dessus... Bon, bon, ne fais pas cette tête ! Je mettrai ma robe turquoise.

C'était celle qui la cachait le plus, la moins décolletée, une manière de treillis pour corvées mondaines, qui ne faisait pas vraiment honneur à la femme du Directeur des ventes de Nippon Electronics-France... et qui décourageait à peine les mains moites et chercheuses de Schlack. Celui-là, à moins d'un rouleau de barbelés...

— À propos, fit Jean-Rémy, tâche de faire plus attention en conduisant. J'ai amené hier la R25 chez le carrossier, il en a pour trois, quatre jours. J'ai loué une CX, en attendant. Si tu t'en sers, je te signale qu'elle freine très sec.

Le dîner du Tigers Club à l'AUBERGE GALANTE débuta comme de coutume par l'apéritif dans un décor de poutres apparentes et de trophées de chasse importés de Tchécoslovaquie. C'était le temps fort où on se retrouvait, on draguait, on échangeait des nouvelles, on se vantait des bons coups en affaires ou en amours...

Jean-Rémy et Allix étaient à peine arrivés que le procureur Schlack fondit sur eux, en se dandinant sur ses pattes torses. À ses joues, à son nez, à ses lèvres salivantes, Allix devina qu'il s'était déjà chauffé avec une demi-douzaine de punchs. Ça allait être très dur.

Et soudain, l'horreur, la glace. Là, derrière Schlack, avançait en boitillant, appuyée sur une canne, une blonde au regard dur... la Blonde, la Furie de l'autre nuit. Le temps d'un éclair, elle se demanda : mais qu'est-ce qu'elle trouve à JR ? Puis, fut sidérée par la petitesse de ce monde. N'avait-il pas fallu que pour sa première sortie d'apprentie-braqueuse, elle se plante dans un quiproquo de bagnoles et tombe sur son cloporte de mari ? Et aussi... comment déjà ? Ah, oui, Denise dont elle avait allumé le cul, comme une abrutie, sans faire exprès, ça elle l'aurait juré, le pistolet était parti tout seul ! Quelle idée elle avait eue de piquer cet outil dans le bureau de Jean-Rémy ! Ça lui ressemblait bien à son nul d'époux, d'avoir des armes à tir précoce.

Le procureur Schlack s'inclinant tout bas, piqua quasiment du nez dans la poitrine d'Allix qui recula en frissonnant.

— Cher Jean-Rémy, chère petite madame, je vous présente une jeune collègue de la magistrature, notre nouveau et ravissant juge d'instruction, Mademoiselle Denise Grimaud !

— Je crois que nous nous sommes déjà rencontrés, grinça la jugeotte à l'intention de Jean-Rémy qui accusa réception avec un sourire niais et des bruits mous. Allix toucha d'une main fuyante une autre main qui lui broya les doigts... et tout à coup ses genoux plièrent, elle vacilla, s'affaissa en chuintant sur son mari qui eut juste le temps de la rattraper et la supporta le temps qu'on l'installe dans un fauteuil à côté d'une fenêtre ouverte. Brouhaha, piapias... D'aucuns voulaient la faire boire, d'autres protestaient qu'il ne fallait pas...

À table, Schlack s'arrangea pour être à côté d'Allix qui transpirait et repoussait désespérément la main jouant à la petite bête qui monte sur son genou. Denise, l'œil brillant et la lèvre légèrement retroussée, s'était assise en face d'eux.

Un piège ou quoi ? Elle étouffait. La vue et l'odeur de la gigue de marcassin au tokay lui soulevaient le cœur.

Avec sa vaillance coutumière, jean-Rémy l'avait désertée et s'était réfugié au bout de la table entre Monsieur et Madame Wilson. Bien fait pour lui. Wilson était si incroyablement « con » (pas d'autre mot, hélas !), qu'on ne lui pardonnait pas de gagner tant d'argent. Quant à Mylène, c'était déjà de l'histoire très ancienne entre elle et JR agacé comme les autres par les minauderies de geisha d'une mémé plantureuse qui traitait ses langueurs par l'aérobic. Fallait-il qu'il se sente ridicule devant cette Denise ? Qui raconta comment elle avait été agressée par un motard sur Honda, alors qu'elle se livrait aux joies du jogging dans le parc après dîner. Mais, bah ! ce n'était rien, un petit pruneau extrait vite fait.

— Vos fesses ont dû en voir d'autres ! lâcha soudain Allix d'une voix stridente et du coup tous les regards pesèrent sur elle. Elle était sûre, elle *sentait* que son visage passait par toutes les couleurs.

Il y eut un silence insupportable que Denise cassa d'un rire caustique :

— La balle a été expédiée au Laboratoire de la Police Judiciaire. Et on verra qui aura chaud aux fesses après l'expertise balistique.

— La b-balle, bégaya Allix la gorge serrée.

— Mais oui, petite madame, sussura le Procureur. Chaque arme laisse une empreinte particulière sur les balles qu'elle tire. Aussi précise qu'une empreinte digitale. Ces empreintes sont fichées dès la fabrication. Ainsi l'expertise balistique permet de déterminer le numéro du pistolet et de remonter aux armuriers et aux acheteurs... La routine, le B-A BA de l'enquête policière !

Le temps s'arrêta à nouveau. Jean-Rémy, blême, enfonçait le nez dans la Mousse Galante aux Quatre Légumes. Fallait que ça arrive un jour, l'idiote, cette fois-ci elle peut être contente, ils savent tous ici que j'ai un 6.35 contre les cambrioleurs, m'en fous, je divorce et je la laisse mariner en taule ! Les autres Tigres observaient Allix intensément. Ou se faisait-elle des idées ? Pierre-Henri, avec qui elle «sortait» parfois quand Jean-Rémy était en voyage et qui lui prêtait volontiers sa Honda, semblait souffrir d'une violente colique.

Finalement, les bons vins aidant, on se décrispa.

Le procureur Schlack connu pour son allègre férocité aux assises, surtout quand il avait affaire aux beurs, fut charmant et badin. La conversation ayant dérivé, allez savoir pourquoi, sur les crimes passionnels, il cita maints cas où l'accusé(e) s'en tirait avec l'acquittement, pour peu que le Parquet soit bien disposé. Ce qui ne manquait jamais, quand on était entre gens de bonne compagnie. Sa main pétrissait la cuisse d'Allix et la petite bête montait toujours.

Reproduit et achevé d'imprimer sur Roto-Page
par l'Imprimerie Floch à Mayenne
le 22 avril 1992.
Dépôt légal : avril 1992.
Numéro d'imprimeur : 32406

ISBN 2-07-088057-5/ Imprimé en France.

D 920101